いまだ、おしまいの地

こだま

太田出版

プロローグ　もっと悩め

高校一年生のときの担任は猛禽類のような鋭い目をしていた。忘れ物や提出物には特に厳しく、低く尖った声で叱られた。彼の存在そのものが恐ろしかったけれど、浮き足立っている年頃にはそれくらい厳しい大人が必要だったのかもしれない。

当時、日直の仕事がまわってくるのが憂鬱だった。担任から、学級日誌のフリースペースに「自分が抱えている悩みを書く」というお題が与えられていたのだ。悩みを書けと言われても、当番制だからクラス全員の目に触れる。あまり個人的なことも書けないだろう。

いったいみんなはどんな悩みを綴っているのだろう。ページをめくっていくと、そこには「好きな人に振られて苦しい」「兄と喧嘩をして前歯を折られた」「数学の〇〇先生のことが好きなのですが彼女はいるのでしょうか」といった、端々しくて痛々しい生身の声が押し込まれていた。

読まれることを前提に、ひっそりと、しかし勇気を持って、胸のうちを告白している。痺れてしまった。そんな赤裸々な恋愛や家庭事情に比べたら、私の悩みなど平凡かもしれない。

私は「思っていることを何も話せない」という幼少期から続く最大の悩みを綴った。人と顔を合わせただけで言葉が出てこなくなる。誰のことも嫌いではない。なのに固まってしまって話せない。人前に出ることも怖い。この先、進学したり就職したりできるのか不安でたまらない。でも小さいころから憧れている教職に就きたい。

書き始めたら止まらなかった。あっという間に日誌は小さな文字で埋め尽くされた。クラスのみんなに「気持ち悪い」と思われるかもしれない。あるいは、そんなのおまえの普段の生活を見てりゃわかるよ、と鼻で笑われるだろうか。

震えながら職員室の担任の机上に日誌を置き、走り去った。

担任の所見欄には、たった一言「悩め、もっと悩め」。

こんな真剣に悩んでいるのに、まだ足りないというのか。悩んだ先に何があるのか。

高校生の私には、この言葉が深いのか、いい加減なのかわからなかった。

その先生と再会したのは二十代前半だった。同級生の結婚式で同じテーブルになったのだ。先生は少し酔っていたのか、教え子に囲まれ、だらしなく笑っていた。教師としての厳しい一面しか知らなかったけれど、ひとたび現場を離れると、面倒見のいい「普通のおじさん」だったのだ。

先生は不意に隣の席に座る教え子のネイルの色を褒めた。かつての身だしなみ検査の血が騒いだのか、まわりの女子たちの爪をひとりずつチェックし始めた。私たちも高校生に戻って両手をそろえ、「はい」と突き出した。

「色気がないねえ。これは毎日チョークばかり握ってる手だ」

先生は私の指を摑み、ガハハと笑った。受け持っていたバレー部の指導を終えてすぐ式場に向かったから、爪を彩るどころか、指にテーピングの糸くずが巻き付いていたのだ。思わず消え入りたくなったけれど、その一言で同業者として認めてもらえたような気がした。

それから少しして私は精神を病み、教師を辞めた。先生のような毅然とした態度で教壇に立ち続けることができなかった。ひきこもったり、職を転々としたりしながら、夫の異動で見渡す限り枯れ野が広がる「おしまいの地」に着地した。

やはり人前に立つ仕事は向いていなかったらしい。いまは、ひとり静かに原稿に向き合い、「主婦」と「作家」を行き来している。「色気がない」と笑われた手は、病気で骨格が歪み、色艶の問題どころではなくなった。

年齢を重ねるごとに「悩め、もっと悩め」が身に沁みている。悩み過ぎて気が狂ってしまったけれど、そこにもちゃんと出口はあった。想像もしない出口だった。狂いの渦の中の苦しみもわかるようになった。そんな経験をいま書いている。

書くことで救われる一方、新たな悩みも増えた。家族や身近な人たちに執筆活動を告白できずにいるからだ。堂々と書きたい気持ちと、軽蔑される恐怖が常にせめぎ合っている。私はどこへ向かっているのだろう。不安が募り、眠れなくなる。

先生は現在の私にどんな一言を与えてくれるだろう。

いまだ、おしまいの地　目次

写真　堀田圭介
ブックデザイン　鈴木成一デザイン室

いまだ、おしまいの地

面白くない人

実家に帰ると、住みなれた我が家に見知った顔がある。

義弟M。彼は妹の伴侶であると同時に、私の大学の同期だ。

ふたりが結婚して六年になるが、私は未だに「うわっ、知ってる人がいる」と戸惑ってしまう。

Mは昔から無口で、ぼうっとしていて何を考えているのかわからない。感情の起伏がない。会話が全く弾まない。親しい友人がひとりもいない。定時に出勤し、定時に退勤。飲みに誘われても絶対に顔を出さない。本人の歓送迎会すら堂々と欠席する。休日は極力外出しない。安全を好み、冒険厳禁。いったいこの人は何が楽しくて生きているのだろうと常々思っていた。

Mについて挙げていくと、そのまま私の短所と被る。心の内を言わぬ者同士なのだ。

なんでこんな男と結婚したんだよ、と妹に詰め寄りたくなるが、私にそれを言う資格はない。私がMと妹の仲を取り持った張本人なのだから。

Mは学生時代から人付き合いを潔く断つことのできる人だった。

授業が終わると音もなく姿を消した。ゼミの飲み会に誘っても、特に理由を述べず「あ、行きません」と言う。拒絶しているにもかかわらず、その口調や表情は妙に穏やかだった。「あ、行きます」のトーンで発する「あ、行きません」。それが彼にとって自然な答えであるかのように。

一度、教室でふたりきりになったとき、その気まずさをかき消そうとして話しかけたことがある。

「バイト何かやってるの？」

「やってないよ」

あっさり会話が終了した。それ以外に聞きたいことが思いつかなかった。

私は自分のことを完全に棚に上げ、「面白くない人だな」と思った。

存在感のない私たちだが、無口としての確固たるプライドを持つ彼と、まわりに流されて意見を言えないだけの無口な私は、似て非なる存在だった。

私は沈黙を怖れて落ち着きを失うけれど、彼は全く意に介さない。そうか、別に話さなくていいんだ。黙ったままでいいんだ。面白みはないけれど、その佇まいから、無口の流儀を教わった。

彼は「誰とも付き合わない、行動を共にしない」というスタイルを四年間貫き、公務員になった。結局、私は彼の内面を何も知らぬまま大学を卒業した。

三十歳を目前にしたころ、Mと街で偶然再会した。会うのは卒業以来、初めてだった。彼は喜んでいるのか、はたまた迷惑に思っているのか、その表情からは読めなかったけれど、学生時代のようなぎこちない空気にはならなかった。社会に出て私が少しだけ社交性を身に付けたせいかもしれない。

その日はあまりの懐かしさから立ち話を続け、「ここではなんだから」と近くの居酒屋に入った。

八年ぶりの再会。無口といえど、さすがにお互い積もる話があった。

彼はいくつかの部署を異動しながら、着実に昇進していた。意外だった。付き合いを排除して生きていけるほど社会は甘くないと思っていたのだ。いくらMでも、どこかで妥協し、上司の酒の席に付き合ったり、愚痴を聞いたりしているのだろう、と。

しかし、彼は変わり者扱いをされながらも、学生時代と何ひとつ変わらず定時で仕事を切り上げ、帰宅しているという。なんて気持ちの強い人だろう。ここまで貫けたら立派だ。Mのことを見直した。

そのとき、ほどよく酒の回ったMの口から、思いもしない一言がこぼれた。

「結婚っていいな。誰か知り合いに良い女の子いない？」

まさか色恋の話をする間柄になるとは想像していなかった。しかも結婚に憧れを抱いているらしい。上司との飲み会に並ぶくらい、彼の忌み嫌う制度だと思っていたのに。

ここまで距離を縮めてくれたMに手を貸したい。幸せになってもらいたい。

しかし、どうしようもなく大きな壁があった。私には「知り合い」と呼べる女の子がひとりもいないのだ。

しばし考え、「うちの妹、どうでしょう」と尋ねた。

連絡先を知るただひとりの独身女性、それが身内だったというわけだ。

当時、三つ年下の妹は恋人と別れたばかりで、休日も暇そうにしていた。私と違って明るいし、気が利くし、可愛らしい。よく働いて、よく稼ぐ。きっと「良い女の子」に違いない。

「ふつう男に妹を紹介する？　そんな姉いないでしょ」

「そうなのかな。女の知り合いって妹とお母さんしかいないんだよ」

Mは笑い、「じゃあ、いまから妹さんを呼ぼう」と言った。

思いがけない流れになった。

でも、妹だって断るだろう。そうだ、きっぱり断ってくれるといい。

そう願いながら電話をかけたところ、何を思ったか「うん、行く」と二つ返事でのこのこやって来た。

この日は偶然と行き当たりばったりの連続だった。

在学中ほとんど喋ったことのない同期、そこになぜか同席する妹。不思議な組み合わせでカウンターに並び、焼き鳥を食べた。思えば妹と居酒屋に入るのも初めてだった。私と違って酒に強いこともわかった。

お互いどんな印象を持ったかわからなかったけれど、帰り際に連絡先を交換していた。そもそも妹は自分が呼び出された理由を知らない。

Mと別れたあと、「気に入らなかったら返信しなくていいからね、無理して会わなくていいからね、その辺はご自由に」と妹に念を押した。紹介しておきながら、そんなことを言う自分もどうかと思った。

お互い大人なのだから放っておけばいい。もう私の役目は終わった。

ふたりの仲を尋ねたり、干渉したりすることもなく数週間が過ぎたころ、妹から「Mさんと映画を観に行ってきた」と告げられた。

「まさか」と声を上げた。

Mといても話が盛り上がらないだろうと思っていたけれど、映画だから大丈夫だったのかもしれない。

そう無理やり納得していたら、一ヶ月もしないうちにまた連絡がきた。

「Mさんと付き合うことにした」

「えっ、ちゃんと考えた？　別にそこまでしなくていいのに」

「ちょっと。紹介したのはお姉ちゃんだよ」

自分が仲介したことも忘れ、私はますます縮み上がった。

信じられないことに、そこから一年も経たないうちに結婚が決まった。

私にとってMは一種の気難しさを抱える人に見えたけれど、妹は「これまで周りにいなかったタイプ」と、その奇妙さも好意的に受け止めたらしい。何よりも「姉のお墨付き」の人間であることが大きかったようだ。

「お姉ちゃんがわざわざ紹介してくれたから、いい人なんだろうなって思った」

学生時代から彼のことを知る姉。これまで男女問わず、誰のことも紹介しなかった姉。女友達がいなかっただけとは言い出せなかった。

挙式会場で、Mの年老いた父親に手招きされた。

「あの子はずっと独身で終わると思っていたんだよ。お姉さんはキューピッド様だ。うちの親戚一同あなたに感謝しているよ」

そう言って私に頭を下げた。

いいえ、そんなんじゃないんです。猛烈に背中がむず痒くなった。だけど、妹もMも双方の両親も笑っている。誰も不幸ではない。じゃあ、まあいいか。舞う花びらの中、腕を組んで歩くふたりを祝福した。


こうして同期が親族になった。

実家に物言わぬMがいる。我が家の風呂場から無言で出てくる。姿が見えないなと思ったら、祖父母の遺影の前で手を合わせている。食卓で味噌汁を飲んでいる。あまりにもすんなりと我が家に溶け込んでいる。無口だが適応能力がとんでもなかった。妹に「Mは普段家で何をしているの」と訊ねた。学生時代から私生活がずっと謎だったのだ。

「朝四時に起きて、洗濯機を回しながらホームベーカリーでパン焼いてるね」

家事を生きがいとする人の生活じゃん。

どちらも早朝から迷惑な音量である。

「私は寝てるけどね。Mさんはビービー鳴ってる中でコーヒー飲みながら難しそうなビジネス書を読んでるよ」

修行じゃん。

いかなる雑音の中でも集中力を保つ訓練かもしれない。

「あと、よく有機野菜を買ってくる。私にはわかんないけど、味が濃いんだって」

出た、食への強いこだわり。

「それから、日曜日に一週間分のお弁当のおかずを作り置きしてる。ふたり分作ってくれるから、私もお弁当を持って行くようになった。冷蔵庫の中、タッパーとジップロックだらけだよ」

もういい。たくさんだ。いったいMはいくつの顔を持っているのだ。

私はこれまで彼の何を見てきたのだろう。

だが、驚くのはまだ早かった。

Mが真価を発揮したのは子供が生まれてからだった。

率先しておむつを交換したり、お風呂に入れたりするのはもちろん、赤ん坊が「ン……」と、ぐずりかけた瞬間、スッと抱え上げてやさしく揺らす。その手際の良さといったら、電話をワンコールで取る普段の仕事現場を見ているようだった。

恐ろしいことに、Mという人は、これらを黙々とやるのだ。

「親族のみなさん、ご覧下さい。俺ちゃんと手伝ってます」というアピールを一切しない。「こんなこと俺にやらせるなよ」と、ふてくされる素振りも見せない。彼にしてみれば、どの家事も育児も当たり前のことなのだ。

きっと職場で自慢気に「イクメン」ぶりを語ることもないのだろう。そもそも人付き合いを断っているのだから。

思えば、これまでの彼の行動のひとつひとつが「家庭的な人」へとつながっていた。計画的に仕事を片付け、定時になったらすみやかに退勤。飲み会、その他の誘いには不参加。休日も家で過ごす。家がこよなく好き。子供も好き。なるべくしてそうなったのだ。

数年経っても、それは変わらない。子供の迎えから夕食の準備、風呂、寝かし付けといった一連の流れをMがこなす。洗濯は結婚当初からMの担当。まだ薄暗いうちからスイッチを入れて本を読む習慣も続いているらしい。

「早朝はひとりになれる貴重な時間」

世の中の育児にかかりきりの主婦や主夫と同じことを彼もまた言う。

一方、専門職に就く妹は残業が多い。育休明けも帰宅は二十一時を過ぎるため、朝食の用意と子供を託児所へ連れて行くのが妹の担当だという。役割がきちんと決まっている。

「男の人に家事や育児を任せるなんて」

「女の人が遅くまで働いちゃ駄目。子供と旦那さんがかわいそう。ほどほどにしなさい」

旧来の考えにとらわれている母はそう言って、たびたび眉をひそめる。

けれど、バリバリ働きたい妹、できるだけ家にいたいM。そこに何の問題があるのだろう。

母が愚痴をこぼすたびに私があいだに入るようになった。

「どっちがやってもいいんだよ、できるほうがやればいいの、その家ごとに違うものなの」

誰が決めたかわからない「当たり前」を軽やかに越えてゆく。

そんなふたりは格好よくて眩しい限りではないか。

Mは結婚したから、子供が生まれたから、変わったのではない。彼はずっとそうやってひとりで生きてきて、その独特な生活様式にすっぽりと結婚も育児もおさまった。
そして、その素晴らしさを特別なことだとは思っていないのだ。
私は感心を通り越し、ただ感動する。
誰だ、Mをつまらないだの、面白みがないだのと言ったのは。
私だ。

先生と呼ばれる人たち

傍から見ると何者なのかわからないが、なぜか一部の人間から「先生」と呼ばれる人物がいる。これまで仕事の都合で各地を転々としてきたけれど、どの地域にも謎の「先生」が存在した。

いちばん身近なところでは私の父である。

父は野良犬に太腿を咬まれて「治療してください」と動物病院に駆け込んだり、しいんとした授業参観の最中に教室の前の戸を勢いよくバーンと開けて入ってきたり(「ご自由に見学してください」という貼り紙に従っただけと言い訳)と、これまで数々の無知を晒してきた男だが、かつては地元の独身男性たちから「先生」と崇められていた。

私が小学校高学年のころだ。当時、我が集落は「農家の嫁不足」という深刻な問題に直面していた。

地元の人間は農家の大変さを肌で感じている。畑や家畜の世話に休日はない。家族や外部のサービスに頼らなければ外泊するのも難しい。機械を購入するたびに膨らむ借金。基本的に二世帯、三世帯の大家族。「好きな人と一緒なら、どんな苦労もいとわない」と簡単には言い切れないのが現実だった。

そこで年寄りたちは地域挙げての「集団お見合い」を考案した。どうせやるなら大々的に。隣町なんかじゃ駄目だ。田舎暮らしに憧れる女性がいい、と。

そんなわけで二十代から四十代の男性陣を引き連れ、東京でのお見合いツアーを組む運びとなった。あろうことか、その団長に父が選ばれてしまったのだ。リーダーシップがあるとか社交性に富んでいるといった真っ当な理由ではない。

「東京に行ったことがあるから」

その一点が決め手となった。

テレビでも似たようなお見合い番組がある。独身男性の多い離島やみかんの産地などに都会の女性たちが訪れるあれだ。沿道では住民が盛大に出迎え、佐藤B作の「バスが来たぞー!・」で始まるあれだ。つまり、父は男たちを援護するB作のポジションだった。

父からお見合いツアーの話を聞いた私は、子供ながらに「恐ろしいことが起こるぞ」と思った。水や空気がきれい、食べ物がおいしい、のんびり暮らせる。そうやって都会の女性に田舎の良い面ばかりを吹き込み、騙して連れて来るようなものだ。これは詐欺じゃないか。

父はサラリーマンだが、祖父母の代は農家だった。毎日泥だらけになって働いても先が見えない生活を目の当たりにしてきた父は、祖父の死後、畑と家畜をすべて売った。そんな離農者が団長でいいのだろうか。「農業は素晴らしい」と心から言えるのか。

東京に出発する直前、父は我が家に「お見合いの勉強会」と称して五、六人の男を呼び集めた。特に心配な人物に声を掛けたらしい。

その中に景山さんという最年長の四十代男性がいた。父とほぼ同世代だ。小太りで赤ら顔、伸び放題の髪はベタついて束になっていた。よれよれのシャツに、よれよれのズボン。口数が少なく、年下の男たちに「はげ山ちゃん」とからかわれても、はにかんで笑うだけだった。

私は料理をふるまう母を手伝いながら、景山さんの様子をちらちらと窺った。しきりに頭をぼりぼり掻くのが癖らしい。実際に痒いのかもしれない。こんな身なりでは都会の女に馬鹿にされるんじゃないか。他の男はどうなってもいいが、人が良さそうな景山さんが笑われるのは無性に嫌だった。

何を訊いても煮え切らない返事ばかり繰り返す彼に、父が強い口調で問い詰めた。

「本当にお見合いする気あるのか？　補助金を出してもらうんだから遊びじゃねえんだぞ。やる気がないなら帰れ」

家ではいつもおとなしい父が突然団長の顔になり、なごやかだった居間に緊張が走った。

「結婚は……したいっす」

景山さんは絞り出すように言った。

意外だった。ひとりのほうが気楽でいいんじゃないかと思っていた。無理やり連れて行かれるように見えていたのに。

団長の一喝が効いたのか、男たちは「スーツを新調する」「前日に床屋に行く」など、それぞれの「改造計画」を語り、頬を上気させた。

「趣味とかちゃんと話せるようにしておいたほうがいいですよ」と一回りくらい年の離れた青年に助言された景山さんは、もじもじしながら「好きなものって言われても……猫……かな」と消え入りそうな声で言った。家の内外に十匹以上も飼っているらしい。

「猫って。四十過ぎのおじさんの答えじゃないだろ」

みんなに散々冷やかされた景山さんだが、結果的にはこの「猫」がよかったらしい。猫好きの素朴すぎるおじさんを気に入る女性がいたのだ。


参加した男性十人のうち、五人が意中の人に好意を持たれ、三組が結婚までに至った。その一組が景山さんだった。「女とは無縁の、あの景山さんが」という噂はすぐ集落中に広まり、引率した父の呼び名は「団長」から「先生」に昇格した。

おそらく父は現地で特に何もしていない。景山さんの潜在的な良さに気付いた女性が素晴らしかったのだ。「騙されて田舎に連れて来られる」という私の心配は杞憂に終わった。大学で農業を学んできた人や大家族が好きだという人もいるらしい。

現在も景山さんだけは父のことを変わらず「先生」と呼んでくれている。


二年前に引っ越してきたこの街にも謎の「先生」がいる。

転居して間もないころ、美容院に予約の電話を入れた。

「その日は混んでいて、もう予約がいっぱいなんですよ」

「そうですか、じゃあまた今度にします」

諦めて切ろうとした瞬間、相手が意外なことを言った。

「あ、でも指名とかないなら……先生でもいいですか？」

いまの妙な間はなんだろう。「先生でも」って。そんな言い方は先生に失礼ではないか。先生が一番いいじゃないか。

それが私と「先生」の出会いだ。


当日、美容院で名前を告げると、受付の人がどこかに電話をかけた。

「先生、お客様がいらっしゃいました」

どうやら「先生」は大事なときだけ召喚されるシステムらしい。

どこから来るのだろう。どんな人なのだろう。

首にケープを巻かれ、鏡の前で待機すること数分。ふと窓の外を見ると、豪雨の中こちらに向かってびしょ濡れになって歩いてくる前かがみの大きな男の姿が目に入った。傘も差さず、焦ることなく、のっそのっそと直進している。

いや、違うよね。あんなびしょ濡れの巨体が「先生」なんかじゃないよね。

彼は店のドアノブに手を掛けた。何かの間違いであってくれと願ったが、嫌な予感だけは当たる。「先生」は体格のいい、おじいさんだった。

体力をかなり消耗したらしく、ふうふうと肩で息をしている。今からこのおじいさんが私の髪をカラーリングするのだ。不安しかない。

「先生」は色の見本を持ってきて「どんな感じになさいますか」と訊いた。私が考えているあいだ「先生」は自分のびしょ濡れの髪や肩をタオルで拭っていた。その仕草を鏡越しに盗み見ながら、「先生でもいいか」と問われた真意を知り、心細くなった。

「先生」のブラッシングは独特だった。頭皮を強めに叩きつけるように梳かす。時おり「先生」の指先が瞼をかすめる。爪が長い。目がかなり悪いのか、距離感を摑めないようだ。

「先生」がカラーリング剤をペタペタと髪の生え際に塗っていく。ひやっとする感触があり、鏡を見るとおでこの真ん中に五百円玉くらいの茶色い液体がべったりと付着していた。「先生」は自分の手元に夢中で気付いていない。ちゃんと落ちるんだろうか。人をあてにしないで自分で拭こう。目の前のティッシュに手を伸ばそうと前傾姿勢になったとき、鏡の中の「先生」と目が合った。出会ってからずっと心ここにあらずといった表情の彼が初めてハッと目を見開き、先にティッシュを奪い取り、乱暴な手つきで汚れを拭いた。だが、落ちない。「先生」は手元にあったタオルを霧吹きの水で濡らし、私の黒ずんだおでこをゴシゴシこすった。特に謝るでも、恥らうでもなく、無言、無表情で。必死に床のよごれを落とすように。

今度は私がハッとする番だった。

そのタオルはさっき「先生」がびしょ濡れの頭を拭ったやつじゃないか。

シャンプー台に移ってから、もうひと展開あった。耳に容赦なく水が入るのだ。顔に被せた布は絞れるほど水を吸っている。もはや顔面パックだ。どうやったらこんな不器用にできるのだろう。「先生」と呼ばれる人なのに。私はだんだん楽しくなってきた。

ヘアアイロンを手に取った「先生」は「これどうやって使うの」と隣の若いスタッフに訊いた。わからないものを無理して使わなくていいから。普通のドライヤーでいいから。何ならびしょ濡れのままでいい。

「先生」に会ってから一瞬も気を抜けない。鏡の中の私はジェットコースターを乗り終えたような疲れと髪のぐしゃぐしゃ具合。よく見ると顎や頬にも焦げ茶色のカラーリング剤の染みが付いている。美容院へ行き、薄汚れて帰宅するのは初めてだった。

「もう二度と利用するか」と激怒してもいいはずだったが、数ヶ月後、私はまたその店に予約の電話を入れた。

「指名ありますか」

「ないです」

「では……」

来るぞ。わかるぞ、この間合い。

「……先生でもよろしいですか?」

「お願いします」

こうなったら受けて立とうじゃないか。私のために呼び出された「先生」は、やはり窓の外から前傾姿勢でずんずんと直進してきた。相変わらず雑な扱いを受け、思い出し笑いをしながら帰宅した。

すでに何度も利用している。この街で「先生」を断らないのは私だけだと思う。


ところで、私は商業誌にエッセイを載せてもらえるようになってからも、できるだけ肩書は「主婦」にしている。「エッセイスト」も「作家」もどこかこそばゆく、不似合いに思えるのだ。「できるだけ」というのは、たとえば人様の作品に推薦文を書く場合、「主婦」よりも「作家」のほうがいいのではないかと考え、担当の方にお任せすることが多い。

書籍化された今でも肩書きが「作家」になっていると一瞬戸惑う。「いや違うんです」と言い訳をしたくなる。

教職に就いていたため、以前からネット上の知人にからかいを込めて「こだま先生」と呼ばれることが多かった。だから本を出したあと、読者に「先生」と呼びかけられても普通に受け入れてしまった。

もしかしてこの場合の「先生」って私の思っている「先生」じゃないってこと？そう気付いたのは、しばらく経ってからだ。赤面した。

作家という意識はゼロだが「先生」と呼ばれることには違和感なし。腰が低いのか厚かましいのか自分でもわからない。

逃走する人

「きょうも校長室から逃走してしまった」

帰宅した夫がネクタイを緩めながら報告する。

「やっちまったようだね」

「やっちまった」


パニック障害と診断され、かれこれ六年。夫は混み合う乗り物や狭い部屋、歯医者や床屋の座席といった逃げ場のない状況下で発作を起こす。ちゃんと薬を飲んでいる。意識しないようにしている。だけど、発作は突然やってくる。激しい胸苦しさと頭痛に襲われ、居ても立ってもいられなくなるという。

校長室。学校で働く人間にとって避けられない場所である。ものの数分なら何とか耐えられるらしい。しかし、そこは校長との面談だけでなく、職員同士の打ち合わせの場としてもしばしば使われる。

革張りのソファに着席を促された瞬間から夫の「逃走」のカウントダウンが始まる。額装された歴代校長の白黒写真、窓辺に並ぶ盆栽、そして壁際に並ぶ教育書のぎっしり詰まった書架が圧力を掛けてくる。部屋の狭さや圧迫感のみならず、肘掛けのある椅子からも「逃げられない」という恐怖を感じるらしい。

「夜中に校長室に侵入して肘掛けを全部ノコギリで切り落としてやろうかな」

夫の目が本気だった。ノコギリの歯を全部丸くしておいたほうがいいかもしれない。


同僚にはパニック障害であることを話していない。変に気を遣われるのが嫌だから言いたくないという。いったん部屋の外に出て深呼吸をすればすぐ回復するから大丈夫。そう夫は言い張る。私の説得にも耳を貸さない。頑固なのだ。

この病気を隣で六年ほど見てきて、思った。過剰に心配しないようにしよう。一緒になって落ち込まないようにしよう。奇妙な行動を取ってしまうのがいまの夫なのだ。お互いの不安が伝染してしまわないように、せめて私はふざけていよう。怒られても、不謹慎でも、そうする。

いつのころからか私たちはパニックの発作を「逃走」と呼ぶようになった。

「逃走」できるのなら、何度でもしてしまえばいい。

「逃走」できない空間には行かなければいい。

そうシンプルに考えるようになった。

会議のあった日は「きょう逃走したの？」と訊く。混み合うファミレスで表情の固まった夫に「逃走するか」と誘う。夫は日々、逃走中。本人にしか見えないサングラスをしたハンターに追われている。


はじめは、それが発作だと気付かなかった。病気を疑うまで一、二ヶ月もかかってしまった。夫がふざけていると思っていたのだ。

一緒に映画を観に行ったら、序盤で「うわー」と声を上げて退出した。車に乗ったまま洗車できる箱型の自動洗車機を利用したら、水が勢いよく噴射した途端、ドアを開けて外に飛び出した。蕎麦屋の小上がりで隣のテーブルとの境に立てられた間仕切りを勝手に畳んで片付けた。いずれのときも夫は「なんか嫌だったから」と言った。気持ちを抑えられず、身体が勝手に反応するという。本人も何が起きているかわかっていないようだった。

運転中に急ブレーキをかけたこともある。後続車が避けてくれたから助かったものの、事故を起こしていてもおかしくなかった。

「どうしたの？」

「幽霊みたいなのが飛び出してきて俺の邪魔をした。霊、マジでうぜえ」

「でも急ブレーキは危ないよ」

幽霊のような、ぼんやりと人の形をした幻が見えるらしい。

「人が飛び出してきたら『人だー！』ってちゃんと教える。私が何も言わないときは『人』じゃないから」

「そのときは轢いていいのか？」

「轢いていいよ」

「本当だな？　どうなっても知らんぞ」

私たちは何と闘っているのだろう。夫が嘘をついているようには見えない。「子供のころから霊感があった」という話を聞いていたので、それらしいものが横切ったのかもしれない。そのときはそう思った。


散髪も一苦労だ。自由を奪われるあの席に長いあいだ座っていられないのだ。あの椅子にも憎き肘掛けが付いている。

そんな夫に近所の「千円カット」の店はとてもありがたい存在だった。シャンプーをしない。肩や頭皮を揉みほぐさない。やや乱暴な手つきだが、即解放してくれる。「俺にはコミュニケーションとか丁寧なサービスとか要らねえんだ。素早く椅子から降ろしてくれるのが最高の店。味気ない店ほどいい。流れ作業でいい。俺なら千円カットに五千円払うね」

いつになく饒舌だった。だが、残念ながら店内の混み具合が気になり、次第に「千円カット」からも足が遠退いた。人の多い場所も発作を引き起こしやすいのだ。

最終的に私がバリカンで刈ることになった。月一回、居間に新聞紙を敷いて夫を座らせ、芝生のようにツンと伸びた頭に刃を当てていく。父親以外は全員女というバリカンに全く縁のない人生を送ってきた私には新鮮な感触だった。

「これって、もしかして」と心の病を疑ったのは、昔から好きだった電車や飛行機に乗るのを極度に嫌がったときだ。

私は何をしていたのだろう。どうして早く気が付いてあげられなかったのだろう。病どころか、奇妙な言動をする夫を「ちょっと面白いな」と好ましく思っていたのだ。

すぐに精神科に予約を入れ、夫を連れて行った。医師に「パニック障害です」と告げられたとき、ふたりとも不思議と悲しい気持ちにはならなかった。ただほっとした。ようやくこの不可解な行動に名前を付けてもらえた。薄暗い森の中で迷っているときに小さな灯りを手渡された。そんな安堵を覚えた。

いきなり出口は見つからないかもしれないけれど、いま私たちがどんな道を歩いているのか足元を照らすことができる。これからは、ぬかるみや大きな穴を避けて歩けばいい。

医師は「土日も仕事に明け暮れ、生活が不規則になっていたことが原因かもしれない」と言った。

「きょうを境に良いほうへ向かうよ」

私は処方箋を手にした夫を励ました。


実は精神科に通うのは二度目になると打ち明けられた。大学時代から交際していながら初耳だった。

大学受験に失敗して実家で浪人生活を送っていたとき、両親から毎日のように「次は絶対合格するんだぞ」とプレッシャーを掛けられ、精神を病んでしまったという。家へと続く上り坂を見ただけで動悸が激しくなり、夜もよく眠れず、睡眠薬を処方してもらっていたらしい。

結果的に夫は志望する大学には行けなかった。私も行けなかった。お互い第三志望の大学にだけ合格し、たまたま同じアパートに入居し、そこで出会った。夫は仕送りをしてもらえなかったから、私は家にお金がないと思っていたから、家賃の安い風呂なしアパートを選んだ。

私たちは最初から「うまくいかない」ことが重なって繋がっていたのだ。そう考えると、夫の「逃走」も、私が長らく抱える免疫性の持病も、夫婦間の諸問題も、その続きのように思えてきた。

今更慌てることもないだろう。「うまくいかない」ところからスタートしたけれど、それなりに楽しみを見つけながら生きている。完璧ではないけれど、報われることも知っている。だから、夫の病気もなんとかなる。いや、なんとかしようと思った。

それから、長年の謎がもうひとつ解けた。夫が実家に帰りたがらない理由だ。あの家や住宅街の坂道には彼の苦しい思い出が詰まっているのかもしれない。ふたりで帰省したのは二十年間で三回だけ。夫の両親と最後に会ったのは三年前。私が入院し、たまたま病室で四人顔を揃えたのが最後になる。

昨夏、遠方に住む夫の両親が、私たちの街へやってきた。

「そっちが来てくれないなら行く。もうチケットも取った。キャンセル料金がかかるから変更できないよ」と奇襲ともいえる手段で、はるばるやって来た。

不機嫌になった夫に「お義父さんもお義母さんも、あまり長旅できない歳だから最後くらい笑って迎えてあげようよ」と、なだめた。

「いやだね。言っとくけど俺は一言も喋らないからね」

ふたりとも七十代半ばになる。しばらく会わないうちに、小柄な義母がまたひと回り小さくなっていた。腰を痛めて背筋を伸ばせないという。義父は反応のない夫にひたすら陽気に話しかけている。直前まで再会を渋っていた夫は、宣言どおり両親と目も合わせようとしない。

我が家に到着するやいなや「きょうはどうしてもこれを見せたかったの」と義母が意外なものをボストンバッグから取り出した。

どっしりとした金色のトロフィーだった。上部に野球のボールがかたどられ、最優秀選手賞と書いてある。

「お義母さん野球やってたんですか。すごいじゃないですか」

変化球を駆使する腰の曲がった義母。キャッチャーのサインに首を振る義母。マウンドで一本指を立てるユニフォーム姿の義母。あまりにも素敵だ。痺れた。

しかし「何を言ってるの。私じゃないよ」と、あっさり打ち砕かれた。夫が小学生のときに表彰されたものだという。

「覚えてるよね？」

義母の問い掛けに夫は首を傾げた。

「じゃあ、これは？」

　将棋大会で入賞したときの盾、サッカー大会で敢闘賞に輝いたときの賞状、駅伝大会のメダル。義母は手品のようにバッグの中から少年時代の功績を次々と出すが、夫は首を横に振るばかりだった。

　そういえば夫の口から子供時代の話をほとんど聞いたことがなかった。記憶がところどころ抜け落ち、友達の名前も、部活も、家族で出かけた温泉旅行もあまり覚えていないという。実家で暮らしていたころの記憶を全部なかったことにするかのように。

「本当に何も覚えていないのね」

　義母は寂しそうな目をしてトロフィーやメダルをひとつずつバッグにしまった。

　多才だった少年は過去の栄光を振り払い、現在オンラインゲームのとある界隈で「神」と崇められている。「無課金でこのレベルまで」と賞賛されている。無課金だが知恵はある。中高生や主婦らに「こう動けばいいんですよ」と技を教える見返りとして数々のアイテムを恵んでもらっているらしい。神であり乞食でもある。だが、落胆する義母にそう話しても伝わらないだろう。

　その晩、渋る夫を再度なだめ、両親と四人で蟹を食べに行った。酒の力もあってか、最後には夫のほうから職場の様子を話して聞かせていた。帰り道、みんなで街を見下ろす展望台から夜景を眺めた。

ありったけの「栄光」を詰めて会いに来た両親、過去の傷が癒えない夫、身内に黙って本を出している私。全員まともではない。けれど、その夜は、ほんの少しだけお互いの距離が縮まった気がした。

翌朝、仕事で同行できない夫に代わり、私が両親を空港まで送り届けた。

道中、義母が大きな溜め息をついた。

「小学生のころは明るくて誰からも好かれる子だったのに、高校生くらいから何も喋らなくなってしまったの。あの子、本当に職場でちゃんと働けている？　一緒に飲みに行くような仲間はいる？　あの子はいま何を楽しみに生きているの？」

「授業がおもしろくて、生徒にとても好かれてるんですよ。後輩にも慕われていて毎週飲みに行ってるんですよ」

私は仕事の話をしているときの夫がいちばん好きだ。誰にでも言いたいことを言い、叱り、励まし、私のできなかったことを易々とやり遂げていく夫を見ているのが好きなのだ。頑張りすぎてしまって、いま精神科に通っているけれど、私たちは大丈夫です。うつむいてはいません。ちゃんといろんなことをおもしろがって暮らしています。

伝えたいことはたくさんあったけれど、ほんの少ししか言えなかった。

「あの子のことよろしく頼みます。わがままな子ですみません。それから、これ。あの子には言わないで。ひとりで使ってね」

そう早口で言い終えると、夫婦は小走りで保安検査場のゲートに消えて行った。手渡された封筒には「ありがとう」と書かれた手紙と三万円が入っていた。

「あの子はいま何を楽しみに生きているの？」

義母の最後の問いが胸に刺さった。

鼻で笑われてしまいそうだから言わなかったけれど、夫は退職したら日本各地の動物園を巡りたいらしい。眉間に皺を寄せ「校長室のソファの肘掛けぶっ壊す」と企む人間が発したとは思えない可愛らしい夢だ。

そのころには飛行機に乗れるようになっているだろうか。相変わらず「逃走」しているだろうか。いま我が家に降り掛かっているいくつものおかしな状況を笑って話せる未来だといい。

そんなことを考えながら、晴れ渡った空へ飛び立つ飛行機を見送った。

小さな教会

巷で人気のものを「好き」と素直に言えない。どんなに気に入っていても、それが流行っていると知った瞬間に黙ってしまう。この気持ちをみんなと共有したくない。自分ひとりで静かに愛でていたい。

そういう頑固さが昔からあった。小四のとき、同じクラスの色白で中性的な雰囲気の男子を好きになったが、バレンタインデーを前にして、私以外の女子もみな彼を好きだと知り、衝撃を受けた。友達がいない私には、そういう特別な時期しかクラスの恋愛情報が回ってこなかったのだ。

「あぶない、あぶない、そんな人気者に渡してしまうところだった」とチョコを即座に引っ込めた。考えてみれば、清潔感があって気立てのいい男の子が不人気なわけがない。

心静かに好きでいられる人や物のほうがいい。ゼロか百かという極端な選択をしがちな私は、それ以降、癖のある人や欠陥だらけの人ばかりに目が向くようになった。初めて交際した人はカツアゲをする太った金髪のヤンキー。結婚した人は口が悪くて空気が読めず、周囲から変な目で見られる人だった。でも、そこがいいと思った。

最近あろうことかサウナにハマってしまった。サウナがひそかにブームらしいと聞いていたので、あの扉の奥に決して足を踏み入れるまいと気を張っていた。なのに、好きになってしまった。流行りのものに惹かれる恥ずかしさもあるが、サウナを避けてきた理由はそれだけではない。子供のころ、父のサウナ好きが高じ、我が家は分断しかけたのだ。

「サウナの乱」が起きたのは三十年以上前。サウナ通いを続けていた父が突然「我が家にサウナを作る」と宣言したのだ。しかも業者に頼むのではなく、近所の農地に不法投棄されていた木材で自作するという。

当時、小学生だった私は一抹の不安がよぎった。父は屋外に飼育小屋を作り、その日のうちに板の隙間からウサギを脱走させた前科がある。

「風呂場の脱衣所を壊してサウナにする」と言う父、「ウサギ小屋も作れなかったくせに」と猛反対する母。当然、激しい喧嘩になった。

育児ノイローゼのピークに突入していた母は、常に研ぎたての刃のごとく神経が尖っていた。いつでもどこでも誰とでも取っ組み合える、即対応の戦士。そこにサウナという比喩でも皮肉でもない「火種」を放たれ、かつてないほどに燃え上がった。上等な火を噴いた。

家族が顔を揃える食卓は戦場と化した。出口の見えない戦いになると思われたが、終止符を打ったのは父のクーデターだった。

ある日、母の留守中に「サウナが駄目なら床暖房を作る」と急遽方針を変え、居間の床板をメリメリバリバリと剝がした。バールを持つ父は何かに取り憑かれているようだった。これは大変なことになるぞ。私には逃げて行くウサギの背中が見えた。

やかんで沸騰させたお湯を金属製のパイプに注ぎ「ほら、あったかいだろ。これが床暖房の原理だ」と謎の自信を持ち、私と妹に触らせた。父は元来おとなしくて慎重な人間だが、ときにその反動のような信じられない行動に走る。

本人以外の誰もが予想していたが、床暖房を自力で作ることはできなかった。知り合いの業者を呼んで尻拭いのように装置をつけてもらい、床板が復活した。

あの日、床暖房と同時に「自宅サウナ」を断念した父は、恨めしそうに隣町の施設に足繁く通い、サウナを愛し続けたまま現在に至っている。私たちはそれを見て「今日も父さん、箱に入りに行ってる」「箱で安易に汗かいてる」と苦笑いしてきた。

おとなしい父をそこまで頑なに変えるサウナって何なんだ。私はずっと不思議で仕方なかった。

日々、雪にすっぽり埋もれる厳寒地での暮らし。妻は育児ノイローゼ。遊び場も飲み屋も皆無。これといった趣味もない。妻と三人の子供と実母を養うには少ない給料。目の前に広がるのは、絶望を絵に描いたような凍てつく雪原だけ。

そんな父にとって、サウナは単に健康のためというよりも、心の拠り所であり、信仰にも似た存在だったのではないか。塞ぎ込んだ心身を解放するための光。神と交信できる場所。

あの箱は父を救ってくれる「小さな教会」だったのかもしれない。

サウナに関する忌まわしい思い出はもうひとつある。私の精神が崩壊し、知らない男の人とホテルに行っていた時期、その人は退室時間が迫っても部屋に備え付けのサウナ室から一向に出てこなかった。

トイレくらいの狭さ。人がひとり座れるだけのサウナ室だった。外側には温度を調節するダイヤル。小窓から煌々と漏れるオレンジ色の光。知らない男の人をオーブンで焼いているような不思議な光景だった。

焼き加減を確かめるように小窓を覗くと、その人が腕を組み、目を閉じて自分の世界に浸っていた。

「もう帰る時間なんですけど」とドアをノックしたら、目を閉じたまま「シーッ」と人差し指を口に当て、また自分の殻に戻ってしまった。いらっときた。

サウナは人を遠い世界に連れて行くのかもしれない。


そんな個人的な思い出のみで避けてきたサウナに、いま私は通っている。

きっかけは、デビュー作の担当編集者だった。以前からメールに「サウナ」という単語が頻出していた。

私には負の感情しか湧かないサウナを楽しげに語る編集者。一年以上にわたって心動かされることなく過ごしてきたが、なんだか急に「良さがわからない」という悔しさが沸々と湧いてきた。なんであんな箱がいいのだろう。わからないのは癪だ。そう思い、旅先の誰もいないサウナ室の重い木扉を引いた。

九十五度の部屋で三分間じっとり汗を流したのち、人生初の水風呂に入った。手足がびりびり痺れた。世のサウナ好きは、この冷たさを我慢しているのだろうから、私もじっと耐えた。一分ほどで飛び出し、再びサウナに入ると、新感覚の「ざわざわ」

が押し寄せてきた。高い所に立っているような寒気が走っているのに、身体の芯が熱い。室内も熱い。「寒い」と「熱い」が拮抗し、身体が誤作動を起こしている。「身体がびっくりしているんだ」と思った。でも、その「びっくり」は長く続かなかった。もう一回「びっくり」するやつを味わいたい。サウナと水風呂を繰り返した。やっぱり身体が「びっくり」した。面白くなってきた。何度やっても初めてのように「びっくり」する。その人体の不思議に触れ、完全に楽しくなってしまった。

不謹慎だが、そのときに思い出したのは認知症を患った祖母だ。祖母は一日に何度も「三沢が死んだって本当なのかい」と私に確かめては驚愕し、落ち込んでいた。三沢光晴、祖母が一番好きだったプロレスラーだ。「本当だよ」と教えると、がっくり肩を落として自室に戻るのだが、一時間もしないうちに再び襖を勢いよく開け「三沢は死んでしまったのかい」と確認する。そして、また嘆き悲しむ。

早くに亡くした伴侶ではなく、プロレスラーの生死だけを執拗に気にし続けた祖母。何度教えても「びっくり」を止めることはできなかった。あのときの抗うことのできないエンドレス「びっくり」をサウナの中で、ふと思い出したのだ。

私は「身体をびっくりさせる」ことが病みつきになり、サウナへ行くようになった。都会ではサウナ目当てに銭湯へ通う人も増えているようだが、私の住む田舎町ではまだその兆しは感じられない。このまま都会でだけ流行り続けてくれと祈っている。

サウナ好きの多くが水風呂の温度を気にしている。私がこれまで通った施設は、いずれも水温が表示されていなかった。これもサウナの波が到達していない証なのかもしれない。

水風呂の温度を知りたい。係の人に聞けば一発で解決するだろうが、サウナ通だと思われたくない。こんなときも自意識が邪魔をする。でも、どうしても知りたい。私は何度の水に震えているのか把握したい。私は私のサウナを見極めたい。

そんな思いが募り、水温計を求めてホームセンターへと足を運んだ。店員に尋ねると、ペットコーナーに案内された。熱帯魚用の小さな水温計しかないという。水槽の内側に貼り付ける、吸盤の付いたやつを手渡された。

これで心置きなく水風呂の温度を知ることができる。そう思うと笑いが止まらなかった。熱帯魚用品を片手に水風呂に入るなんてわくわくする。

これを機にサウナ通いがいっそう興味深くなった。十五度あたりが私の境目らしい。十六度以上だと感動が少し足りない。

一桁の水温を「シングル」と呼ぶらしい。件の編集者から教わった。私が初めて覚えたサウナ用語である。

この冷たさはシングルに違いない。そう信じて水温計とともに身を沈め、二桁だと落胆する。「うわ、これで十二度か」「間違っているのかも。もっかい測ろう」。水風呂の中で吸盤の付いた水温計を凝視し、ぶつぶつ独り言を言っていることに気付いて、ぞっとした。廃材を持ち帰ってきてサウナを作ろうとした父、オーブンみたいな小さなサウナで瞑想していた知らない男。私も「あれ」になっているじゃないか。

お気に入りの施設も見つけた。原稿が行き詰まると約六十キロ離れたそこに行く。高めの室温と十二〜十四度の冷たい水温。自分にとってちょうどいい温度差だ。水風呂を出た瞬間、全身まだらになる。これは「あまみ」と呼ばれ、血行が促進されている証らしい。「シングル」に次いで覚えたサウナ用語である。

先日、そのお気に入りのサウナに先客がいた。何度も通っていたが、客に遭遇したのは初めてである。その六十代くらいの女性は、タオルで頬を覆って鼻の下で結ぶ盗っ人のスタイルで私に話しかけてきた。

「ここは乾燥がきつすぎるし、水風呂は冷たすぎる。これじゃ駄目だよ。見てごらん、温泉にはたくさん客がいるのにサウナに誰も入ってこないじゃないか。あとでアンケート用紙にみっちり文句を書き込んでやる」

盗っ人はかなり憤っていた。よく見ると、サウナのドアにマットを挟み、熱気を逃している。なんて余計なことを。この乾燥具合と痺れるような冷水が好きで通っているのに。私は焦った。どうにかそのアンケートの声を阻止したい。

帰りがけにアンケートボックスの前で立ち止まり、迷わず用紙を手に取った。

「ここのサウナは温度も水風呂も最高です。カラッとしていて良いです。どうか、このスタイルのままでいて下さい。できれば温泉だけでなく水風呂の温度も表示してもらえると助かります。それから……」

盗っ人の好きにさせてたまるか。ペンが止まらない。私はここが好きなんだ。この場所を守っていきたいんだ。これは森林を大切にする気持ちと一緒だ。木を切り倒す輩のわがままを許してはいけない。いや、なんでこんなに熱くなっているんだろう。我に返ると、アンケート用紙に小さい文字でみっちり書いていた。私は盗っ人より厄介な客かもしれない。

帰省したら「サウナって意外と奥が深いね」と父に言いたい。水温計を自慢したい。サウナという「小さな教会」に足繁く通う気持ちも、脱衣所にサウナを作ろうとした奇行も、いまなら少しわかるから。

ちょうどよくなる

帰省するたびに家族の意外な一面を知る。

実家で暮らしていたのは高校卒業までの十八年間だけれど、知り尽くしていたはずの身内にも、世間に見せる別の顔がちゃんとあったのだ。


先日、認知症を患ったまま亡くなった祖母の話を聞いた。

祖父は祖母より二回りほど年上で、私が物心つくころにはすでに亡くなっていた。だから、おばあちゃんは、おばあちゃんの部屋にいつもひとり。嫁いだ娘がたまに顔を見せるくらいで、家を行き来するような親しい友人もいなかった。

「俺はひとりのほうが気楽なんだ」と群れることを嫌った。

祖母の一人称は一貫して「俺」だ。

「俺」はセーターを編み、雑巾を縫い、畑で四季折々の野菜を育てる。強がりなんかではなく、本当に寂しそうには見えなかった。

元気なころ、「俺は学校に行けなかったから勉強ができない」と低学年向けの足し算と掛け算のドリルを解いていた。

「俺は引き算が嫌い」

「おばあちゃんなんだから、もう嫌いなことはやらなくていいよ」

そんなことを言った覚えがある。

たまに祖母の部屋からピアノの音が聞こえてきた。

私たちが子供のころに使っていたおもちゃの赤いピアノである。祖母はその甲高い音色を奏でるおもちゃで『荒城の月』を弾いていた。選曲が渋すぎる。そのあと大抵『箱根八里』が続く。滝廉太郎メドレーだ。軍歌や行進曲もちょいちょい挟んでくる。

可愛らしいピアノが奏でるには不釣合いな旋律ばかりだったけれど、その音色は祖母が確かにそこに存在する証でもあった。


記憶の中の祖母は人前に出ることを嫌い、地域の狭い人間関係の中でつつましく生きている人だった。でも、そんな祖母が意外な「活動」をしていたと、最近母が教えてくれた。徘徊や健忘といった症状がはっきりと現れる前、その序章とも思われる

「らしくない」行動を起こしていたらしい。

あの祖母が積極的に社会と関わりを持ち始めたのである。

最初は近所に住む女子小学生に声を掛けたらしい。

「これ、あなたのクラスで使って」

レジ袋いっぱいに詰めたお手玉だった。しかも二袋。

いきなり親しくもないばあさんに「出待ち」された挙句、重たい手土産を渡され、さぞ困惑しただろう。特売のじゃがいもを抱えるように登校したに違いない。お手玉で一方的に近所の子供とつながりを持った祖母は、早々に次のステージへと進む。

小学校の校門前に立ち、登校する子供たちに向かって「おはようございます」とあいさつ運動を始めたのだ。何の前触れもなく、ひとりで実行したらしい。

そんな華麗なソロデビューがあるだろうか。部屋にこもって軍歌を弾いていた、あの人見知りの祖母である。もちろん誰にも頼まれていない。祖母は人付き合いが極端に少ないので、周囲に顔を覚えられていない。知らないばあさんが突然現れて声を掛けてくるのだ。そんなの絶対ぎょっとする。

しかし、私たち家族には「奇行」でも、学校側からは「善行」と思われたらしい。お手玉も「強要」ではなく「奉仕」と捉えられた。世の中わからない。

行き過ぎと思われる祖母のボランティア精神は意外にも高く評価されてしまい、子供たちから手作りのメダルや賞状が手渡された。

その後も祖母は雑巾を縫って学校に寄付した。

近所の老人を引き連れて学校を訪問することもあったという。ソロからグループへ。なんて大胆な進化だろう。


急成長した「積極性」は小学校への突撃訪問にとどまらなかった。

奉仕活動を通じて知り合った仲間から「孫の就職先が見つからない」と聞いた祖母は「俺に任せとけ」と勝手に動き出したらしい。そんな親分肌な一面を何十年もどこに隠していたのだろう。

エンジン全開の祖母を誰も止めることはできない。長いあいだ人付き合いのなかった祖母が一体どんなコネを使ったのかわからないが、コンピューター系の職を探していた若者に椎茸栽培のアルバイトを紹介したという。夢や希望を完全に無視した斡旋だ。若者もさすがに断ったよな、そうであってくれよと願ったが、数日後には原木にドリルで穴を開け、菌を注入していたらしい。全員どうかしている。

彼女の中で何かが弾けた。遅い、遅い、春が来たのだ。

「おばあちゃん『確変』に入っちゃったのねえ。認知症になって急に普段と違うことを始めちゃう人がいるけど、おばあちゃんの場合それがちょうどよかったの。ちょうどよく社交的になったの」

母は当時を懐かしむように、しみじみと語った。

祖母の「確変」は銀の玉ではなくお手玉によってもたらされたのだ。


奇しくも孫の私にも「確変」が訪れた。

私は何年も前から精神に欠落があることを自覚している。

主に出勤前や人との待ち合わせ場所へ向かう際に症状が出る。過度の緊張により、自宅や滞在先のホテルからなかなか出られないのだ。

約束の時間が刻々と迫っているのに不安のほうが勝り、出かける準備ができない。ようやく部屋を出ても、忘れ物をしたような気がして引き返す。だが大抵何も忘れていない。出ては戻り、出ては戻りを繰り返す。うろうろうろうろ。そんなことをしているから約束の時間にきちんと到着できたためしがない。前の職場も最初のうちはきちんと通えていたけれど、後半は遅刻が増えた。気の緩みとは別の遅刻だった。

人と会う。時刻が決まっている。

この条件が重なると心臓が無意味なまでにばくばくしてしまう。

最近では飛行機の出発時刻さえも守れなくなってきており、いよいよ周囲への迷惑が個人レベルを超えようとしている。

一度カウンセリングを受けたほうがいいのではと思いながら実行できずにいる。まず、予約の電話ができない。電話をかける行為は私にとって難易度が高い。

あるとき何気なく飼い猫の行動を眺めていたら、私と同じ動きをしていた。寝床に格好なふかふかの布団を見つけたのに、すんなりとそこに上がらない。一度腰を下ろすも、何が気に入らないのか、ぴょんと出る。布団のまわりをぐるぐる歩いたのち、再び一歩踏み入れ、注意深く確認してからそろりと座る。しかし、またすぐ出る。そして座る。同じことを繰り返す。やめるのかい、いや結局そこで寝んのかい。一発で横になったらよかろう。

この「うろうろ」は果たして必要なのか。猫にも自分の心にも問いたい。

人に会うのがそんなに嫌なのかというと、そうでもない。会ってしまえば気持ちが幾分楽になるし、初対面の人と違和感なくやりとりしている自分を素直にすごいとさえ思える。私を不安に駆り立てているものは何なのだろう。

本を出してから取材やイベントの依頼をいただくようになった。

光栄なことに違いないが、人に会うことを想像しただけで不安になる。動悸が止まらない。何も引き受けないのが精神に一番やさしい。にもかかわらず、私は勢いで

「やります」と言ってしまう。学ばない。苦しくなって滞在先のホテルからいつまでも出られなくなるのに、ノイローゼの獣のように寝床をうろうろしてしまうのに、ためらいなく返事をする癖があるのだ。

仕事に貪欲なわけではない。これを乗り越えられたら私は変われるんじゃないか。人と正面から向き合えるようになるんじゃないか。そんな期待を捨て切れないのだ。

トークイベントには覆面を着けて出演している。身元を隠すためでもあるけれど、それ以上に「顔を覆えばわりと話せる」という自分の特質がわかったのだ。

般若の面、サバイバルゲーム用に作られたドクロを模した仮面、『犬神家の一族』に出てくる佐清の白いゴムマスク、全面スパンコールの未来人、個展で売られていた色とりどりの謎の動物。私の活動は彼らによって支えられている。半ば悪ふざけで作られたものたちが私の命綱だ。

取材や対談では風邪用の白いマスクを着用すれば落ち着いて話せることもわかった。目が悪いけれどコンタクトレンズや眼鏡もやめた。視界が少しぼやけているほうが安心する。人の目が怖いのだ。

人と同じようにはできないのだから、不格好でも自分なりの方法を見つけていくしかない。応急処置に過ぎないけれど、無事に終えられたらそれで満足しよう。「ちゃんとしなきゃ」と力むから何もできなくなるし、誰にも会いたくなくなる。大成功じゃなくていい。そう思うようにした。

いまも相変わらず人と会う前は不安が高じて何も手に付かなくなるし、滞在先のホテルに何度も舞い戻り、約束の時間に毎回遅刻している。対面だけでなく、原稿の提出まで大幅に遅れるようになった。何度も直さないと心配でたまらないのだ。こんなことを繰り返していたら信用してもらえなくなるんじゃないか。いつも焦っている。遅れを取り戻そうとして全力で走っている。なのに懲りずに「やります」と言う。もはや病気だ。

最近、活動初期から間近で見守って下さる担当編集さんや同人誌仲間に「随分喋れるようになりましたね」「自信がついたように見える」と言われるようになった。信じられない言葉だった。

全然だめなわけじゃなかった。

取り憑かれたようにたくさん外に出て、慣れないことを続ける自分と「確変」に入った祖母が重なる。いまの私は「ちょうどよくなる」ための移行期間なのかもしれない。

その辺に落ちている言葉

直筆の貼り紙が好きだ。

大衆食堂に入ると、壁に貼られた何気ない一言に目が吸い寄せられる。それが老いた店主による味のある直筆だったりすると、何だか得した気分になる。

「冷やし中華はじめました」「すだち蕎麦はじめました」などの「はじめました」シリーズは定番だ。店主のたどたどしい文字で季節のうつろいを知る。趣がある。

同じ「はじめました」でも初挑戦をにおわすものだと、なお嬉しい。

以前住んでいた街には「初めて」を嬉々として報告するパン屋があった。そこは、おじいさんが生地をこね、おばあさんがレジに立つ、夫婦ふたりの小さな店だった。

「塩パンやっとはじめました！」

「ティラミス成功しました！」

ただただ、よかったねえと思わせる言い回しなのだ。いまなぜティラミス？　と思うけれど、疑問よりも先に祝福の気持ちが湧いてくる。

決まって、紙の隅っこに小さく「おいしいよ」と書いてある。本当は不安なのかもしれない。あんパンやうぐいすパンばかりじゃやっていけないから、若者の好みに合わせて試行錯誤したのだろうか。

そんな背景まで目に浮かんでくる。微笑ましくて、いじらしくて、「告知」が出るたびに購入したけれど、毎回こちらの期待を大きく裏切った。塩パンは歯が痛くなるほど硬く、ティラミスは馬鹿みたいに甘かった。我々の知る味ではない。きっと何かを間違えている。控えめな「おいしいよ」の意味が少しわかった。

店の個性はトイレの貼り紙にも表れる。

「いつも清潔にご利用いただきありがとうございます」という他人行儀な言葉よりも、薄汚れた居酒屋の「オシッコ飛ばさないで」というダイレクトな一言に、ぐっとくる。遠慮がない。母親の小言のような懐かしささえ感じる。オシッコ飛ばされて困っているんだなあ、大変だなあと同情した。

毎月受診している整形外科のレントゲン室には、職員による手描きのポスターが貼られている。移植した骨が消えるという不可解な症状で通院している私は、そのポスターの「骨」に、つい感情移入してしまう。

「あなたの骨、ダイジョーブ？」

げっそりと痩せこせた骨がわんわん泣いているイラストだ。

ダイジョーブではない。痛い思いをして尻の骨を一部削り、不安定な頸椎に移植する手術を受けたものの、のちにその骨が消えてしまったのだ。医者も原因はわからないという。神隠しである。私の骨はまだ行方不明なのだ。

この隣に一枚貼らせてほしい。「私の骨、知りませんか。二〇一五年春、忽然と姿を消す」と。尋ね人ならぬ、尋ね骨。懸賞金も用意したほうがいい。


店や公共の場に限らない。

以前、実家の神棚の下にこんな紙が貼ってあった。

「ハワイコーナーご自由に」

母の字である。ハワイ旅行のおみやげが、植木鉢の棚に雑然と並べられていた。野菜の路地販売のように。

ココナッツに象の絵が描かれた怪しい置き物、ココナッツに手足とくちばしと髪の毛とイヤリングを無理やり付けられた正体不明の生物、ココナッツチョコレート、ココナッツクッキー。母はハワイでどんだけココナッツに染まってきたのか。

余談になるが、この旅行は母がクイズ大会で獲得した副賞だった。私の家族からクイズ王が誕生したのだ。

母は雑学に詳しいわけではない。〇×クイズの最中に貧血を起こし、マルのところに座って休んでいたら運よく連続でマルが正解だったという。最終問題は母と小学生男児による二人の対決。ここでようやく彼女は満を持して立ち上がった。そして「先に好きなほうを選びなさい。おばさんは余ったほうでいいから」と急に大人の余裕を見せつけて少年を促した結果、「余ったほう」が正解となり優勝した。一貫して何もせずにハワイを得たのである。こんな棚ぼた見たことがない。

先日も心をくすぐられる貼り紙に出合った。

私たちが二十代のころ暮らしていた街に出掛けたときのこと。夫が「あの銭湯っていまもあるのかな」と言った。その街には昔ながらの銭湯がいくつかあり、週末になるとふたりで通った。中でも深夜まで営業していたのが「あの銭湯」だ。

スーパー銭湯が台頭する現在、あの場所は生き残っているのだろうか。

ネットで検索すればすぐに答えは出るけれど、あえて何も情報を持たずに出かけることにした。記憶を頼りに懐かしい道を歩く。二十年前にはなかったコンビニや大型スーパーが建ち並ぶ中、それらの陰に隠れるように銭湯の煙突がちらりと見えた。

こんなに小さかっただろうか。老いた親戚に再会したような気持ちになった。「営業中」の札が下がっているけれど、人の出入りが見られない。少し不安になりながら足を踏み入れた。

室内のあちこちがくすんでいるものの、ジュースの自動販売機や靴箱の配置に覚えがあった。確かに、ここだ。番台に座る高齢女性の背後に目をやると「きょうのお湯は熱めです」という謎の告知があった。どういうことだろう。失敗したのだろうか。それとも「熱くしときましたよ」というサービスなのか。どちらにしても最高の貼り紙だ。

足繁く通っていた当時、営業終了の十五分前になるとTシャツに短パン姿のおばさん数人が大浴場にどかどかと現れて清掃を始めるのが恒例だった。「来た来た」と思いながら、客はみな慌てて背中の泡を流し、湯船に入る。ブラシで床をこする人、ケロリンの桶を洗う人、ボディソープを継ぎ足す人。おばさん部隊はてきぱきと作業をこなし、「はよ出て行き」と全身で発していた。部隊が背を向けている隙に早足で脱衣所に駆け込むのだが、そこもすでに雑巾を持った掃除部隊に占拠されている。身体を拭いたらさっと服を着て、秒速で退出せねばならない。連中が睨みを利かせているのだ。まるで監獄の入浴時間のように。私と夫はそんな終了間際の居心地の悪さを「急かし風呂」と呼び、その不自由さも面白がっていた。

この日の女風呂は三人だけだった。剝がれかけた壁、出が悪い上にやたらと熱いシャワー（これを警告していたのだ）、「一分三十円」と書かれた有料ドライヤー。繁盛しているようには見えない。掃除のおばさん部隊を雇う余裕もないのではないか。シャワーの出の悪さとは対照的に、身体が浮くほど勢いの良すぎるジェット風呂に浸かりながら、懐かしさと憂いが入り混じった。

帰り際にロビーを見回すと、自動販売機に新たな貼り紙を見つけた。

「ジンジャエールはじめました」

このパターンは初めてである。小刻みに震えるような力ない筆圧。番頭のおばあさんの直筆かもしれない。

瓶のコカ・コーラ専用だった販売機に「ジンジャエール」と書かれたボタンが新設されていた。やはりここも「ジンジャ」である。「神社」のつもりだろうか。神社エール。声に出してみた。もうこれが正解でいいんじゃないか。

定期的に訪れよう。おばあさんの「新作」を見るためにも。

嘘つきの血

「うちには嘘つきの血が流れている。だから、あんたも気を付けなさい」

子供のころから母は事あるごとにそう言って私を脅した。

母方の親戚にその手の人間が多いのだ。詐欺や横領で捕まった者もいる。幼心に「血」という響きはとてつもなく恐ろしかった。油断すると、いつ発動するかわからない「嘘」。そんなものが、この手や足を流れる血に混じっていると思うと忌まわしかった。


中でも母方の祖父は「ホラ吹きのじじい」として地域で有名だった。

その大嘘に触れたのは小学五年のとき。国語の授業で「おじいちゃんやおばあちゃんから戦争の話を聞いて作文を書く」という宿題を出された。私は戦地での話を書きたかった。父方の祖父はすでに亡くなっているので、頼りになるのは母方の祖父だけだった。

おじいちゃん、常に酔っ払ってるけど大丈夫かな。若いころの記憶ちゃんとあるかな。ついでに大嘘つきだし。呂律の回らない赤ら顔の祖父を思い浮かべ、不安になった。

祖父は二十代のころからアル中だ。そのせいなのか、おしっこに失敗してズボンの股間をいつもびしょびしょに濡らしていた。生粋の東北生まれの農家育ちなのに「俺はブラジル出身。若いころは貿易の仕事で海外を飛び回っていた」と大真面目な顔で言う。初対面の人は鵜呑みにしてしまう。

昼間から千鳥足で股間濡らしのじじいは、車道にふらふらっと歩み出る習性があった。車を見ると「知り合いかも」と親しげに近付いてしまうのだ。傍から見れば完全に当り屋の動きである。だから地域の人々は祖父を避けながら運転しなければいけない。あるときは草むらから転げるようにいきなり現れる。神出鬼没のアル中じじい。車に乗せて家まで送り届けてあげたいけれど、股間が濡れているため置き去りにされがち。ゲームの障害物みたいな存在だ。

どんなに泥酔していても帰巣本能だけは健在だったのに、視界を遮る地吹雪の晩に一度だけ行方不明になった。このときばかりは、さすがに方向感覚を奪われたらしい。いつものように道端で寝ていたら凍死してしまう、と地域の消防団が総出で捜索したら、近所の犬小屋に頭を突っ込んで寝ているところを発見された。そんな可愛らしいエピソードもあってか、アル中で股間濡らしで当たり屋だけど、意外にも人気者として通っていた。

ほかの人にはない変わった戦争体験が聞けるかもしれない。心配半分、期待半分で祖父の家に泊まりに行った。

祖父母は長男夫婦と同居し、略農業を営んでいた。早朝、牛たちを牧場に放ち、夕方になると牛舎に呼び入れる。おぼつかない足取りで牛を追ったり、スコップで餌を撒いたりするのが祖父の役目だ。私は物珍しさと少しの下心から率先して子牛の世話を手伝った。たくさん働けば、面白いエピソードを聞かせてもらえると思ったのだ。

ひと仕事を終え、牛舎の壁にもたれて煙草を吹かす祖父に尋ねた。

「じいちゃんはニューギニアっちゅう南の島で敵と戦ったのさ。ジャングルの中でドンパチやって仲間はほとんど死んでしまった」

初めて耳にする島の名だった。ジャングル、ドンパチ、死。一言も逃さぬようノートに書き込んだ。どれも昼間から酒の臭いを漂わせる平和ぼけの象徴のような彼からは程遠いものだった。おじいちゃんに聞いて正解だった。胸が高鳴った。

「何でおじいちゃんは助かったの？」

「そりゃあカメのおかげよ」

「えっ？　カメ？」

「敵の弾をよけながら逃げていたら目の前を大きなゾウガメが歩いていたんだ。じいちゃんはそいつの甲羅の下にうまいこと隠れて盾にしたんだ」

「そんなことできるの？」

「じいちゃんは敵の足音が消えるまで甲羅の下でじっとしていたから助かったんだよ」

祖父の武勇伝はそれだけではなかった。中華鍋とフライパンを手に、敵の弾をかわしながらジャングルを突き進んだというのだ。たったひとりで。目の前のアル中じじいが映画のヒーローに見えた。

「おじいちゃん、すごい」

何という強運の持ち主。何という機転だろう。私はすっかり祖父の話に魅せられ、感動を覚えた。国語の教科書に書いてあったような、ひもじい体験は彼の口から最後まで出てこなかった。

その日のメモを基に張り切って作文を書いて提出したところ、担任に「ユーモアのあるおじいさんですね」と苦笑いされた。

あきれられたかもしれない。そうだよな、みんな戦争の深刻な話を書いているのに、カメの甲羅に隠れて助かったなんて変だよな。おじいちゃんのノリを学校に持ち込んじゃいけないんだ。あれはおじいちゃんが酔っ払いながら話すから許されるんだ。私は急に恥ずかしくなって、身を縮めた。

ところが、後日その悪ノリ体験記が意外な形で評価された。とある作文コンクールで奨励賞を受賞したのだ。「しまっておくのはもったいない」と担任が出品したらしい。

こういう文章を書いても怒られないんだ。戦争なのにおかしな話を書いてもいいんだ。奨励されていいんだ。

自分自身の迷いも、「ホラ吹き」と揶揄される祖父のことも、丸ごと許されたような気がした。

あの夏の出来事は私と祖父をつなぐ一番の思い出になった。

事の真相が明らかになったのは、祖父の通夜の席だった。お焼香に訪れる地域の人もまばらになり、親族数人で祭壇の前に缶ビールとさきいかを広げて思い出話に耽っていたとき。

「そういえば、おじいちゃんがゾウガメの甲羅を被ってジャングルで生き延びた話おもしろかったなあ」

私が笑いながら話すと、伯父や伯母が「えっ?」と顔を見合わせた。まさか自分の父親の武勇伝を知らないのだろうか。私は得意になって説明した。

「戦争のときの話ですよ。カメの甲羅を盾にして銃撃を逃れたんです」

「いやいや、じじいがそんなことするわけないだろ。あの人、背が小さすぎて兵隊として使いものにならないから炊事係だったんだよ。とんだホラ話を信じちゃったなあ」

伯父の言葉に、その場の全員がどっと笑った。

「ゾウガメの下って普通に圧死するでしょ」

親戚の大学生も冷静に指摘する。

「えっ? 中華鍋とフライパンで敵と戦った話も?」

「おまえ、ラーメン屋の喧嘩じゃないんだぞ」

腋の下から汗が噴き出た。

「えっ、ちょっと待って。捕虜の話は? あれも嘘なの?」

捕虜になった祖父がいい加減な英語で見張りに自己紹介をしたら、「愉快な日本人だ」と気に入られ、食糧を少しおまけしてくれたという心温まるエピソードだ。

「聞いたことねえ話だな。でも、じじいは空気を読まない人間だから、敵にも気さくに話しかけちゃうだろうな。それは本当の話かもしれねえな」

その言葉に少しだけ救われた。武器として不似合いな中華鍋やフライパンが出てきた背景も納得した。祖父は異国の地で毎日、調理道具ばかり見て暮らしていたのだ。「ホラ吹きのじじい」も、さすがにお手伝いをした孫にホラは吹かないだろう。私はそう信じきっていた。だが、まんまと大嘘を世に広め、奨励賞までもらってしまった。


そんな祖父を反面教師にして育った母は嘘のない人だ。言い訳をしているのを見たことがない。手当たり次第まわりと激しくぶつかるけれど、それは自分にも他人にも正直すぎるくらいまっすぐに生きているからだ。本音で生きる潔い人だ。

私は祖父のように大きな嘘で笑わせる度胸や愛嬌もなく、母ほど正直に生きることもできない。どっちつかずのまま、たびたび小さく人を欺きながら生きている。

最近、習い事の先生に、しょうもない嘘をついた。昨秋から週に一度ペン字教室に通っている。家にこもりっぱなしだから、無理やりにでも用事を作れば外に出られると思ったのだ。

子供のころ書道をやっていたこともあり、字を書くのは好きだ。何よりも、ペン一本で勝負するところがいい。高齢者を中心とした二十人ほどの教室に入会。お手本をもらい、練習用のノートに向き合う。個人作業だから、無理して誰かと話さなくていい。私にはこれ以上ないくらいぴったりの習い事だ。

高齢の師範は、会の終わりに「余裕のある人は自宅で練習してきて下さいね」とやさしい口調で言った。私は余裕がないわけではなかったが、当然のように復習をしなかった。教室の練習だけで十分だと思ったのだ。

だから、次の週、「では、みなさんノートを見せて下さい。いまから宿題をチェックします」という先生の一言に心臓が止まりそうになった。あわてて見回すと、私以外の全員が、さも当然といった顔でノートを開いている。「余裕のある人は」と言われたら、多少忙しくてもやるのが大人なのかもしれない。

先生が赤ペンを片手に近付いてくる。そういうシステムだったのか。どうしよう。こんなに焦るのは、いつぶりだろう。

「あら、練習する時間なかったの?」

「すみません、お手本をなくして練習できませんでした」

実にしょうもない嘘をついた。四十を過ぎて小学生みたいな言い訳をする日が来るとは思わなかった。それなのに私は翌週も、翌々週も練習せずに行った。どうしても練習を忘れてしまうのだ。また私のノートだけが真っ白だ。

「練習できなかったんですか?」

先生の言葉が次第に厳しくなってゆく。

「すみません、手が病気で」

嘘だ。いや、手が病気なのは本当だけど、やろうと思えばできたから嘘だ。ややこしい。

なぜできないのだろう。なぜ言い訳してしまうのだろう。私は自分の小ささが恥ずかしい。こんなとき祖父なら「練習したけれど家が火事になってノートだけ燃えました」と答えるかもしれない。母ならばきっと「私は自信があるので本番だけで結構です」と言う。眩しいほどに、まっすぐに。

心を入れ替えるならいまだ。もう先生に言い訳をしたくないから練習する。祖父とも母とも違う、実に小心者らしい小さな決意だ。

九月十三日

子供のころから身だしなみに無頓着だった。記憶に残らない地味すぎる顔だし、ださいし、誰とも遊ばないからこのままでいいし、と「歳相応に綺麗に保つ」ことから早々に離脱していた。ださいからこそ人一倍の努力が必要なのでは。そう気付いたのは四十手前になってからだ。

そんな無頓着さが原因で不名誉なあだ名を付けられた。

小五の春、私は心の準備もないままバレーボールを始めることになった。友達がおらず、家にこもっている娘を見かねた母が勝手に入部届を出してしまったのだ。本人の知らぬ間に入部が決まっていた。

「明日から練習に行きなさい」と突然言われ、アシックスのシューズと膝のサポーターを手渡された。母の言うことは絶対である。自分の意思などないようなものだったので、翌日から言われるがまま、体育館で行われている練習に参加した。

バレー部には同じクラスの女子も数名いた。私は勉強よりスポーツのほうが得意だったけれど、バレーのことは何も知らない。ボールに触れるのも初めてだった。困ったのはバレーそのものではなく、練習前や休憩時間の居場所のなさだった。人との接し方がわからない。かといって、ひとりでぽつんと座っているのも気まずい。熱血指導の監督が機械みたいに打ちまくるスパイクを拾い続けているほうが、ずっと気楽だった。練習中はおしゃべりをしなくていい。拾って、打って、ボールをつないでいればいい。そういうことなら私にもできる。

なんだ、床に落とさなければ勝てるんだ。そう単純に解釈したら、バレーをおもしろいと思えるようになった。半ば強制的に入部させられたことも忘れ、黙々と練習に打ち込んだ。学校で廃棄処分になった表皮のめくれ上がったボールを持ち帰り、近所の廃工場の壁を相手にレシーブを繰り返した。百回続いたら、次は二百回、三百回。私より早く入部していた同級生に追い付きたかった。

私には「これをやりたい」という強い意志や希望はないけれど、殊に勉強やスポーツにおいて「与えられた環境下での最高」をめざすという、ねじれた向上心だけは発達していた。「ナイスサーブ！」「そーれ！」「ドンマイ！」日常では決して発しない掛け声の数々も「そういう規則」と思えばできる。会話は躊躇するが、これなら大きな声で言えた。

あっという間にみんなに追い付き、その夏にはレギュラーのユニフォームをもらった。そのときにちょっと浮かれてしまったのがよくなかったのかもしれない。知らず知らずのうちに態度に表れていたのだろう。

蒸し暑い夏休みの練習日だった。休憩中に水飲み場へ行くと、みんなが私を見てくすくす笑った。仲間から仲間へ耳打ちしている。むかしから人にからかわれやすい性質だったが、このときは何が起きているのかわからなかった。

棒立ちになっている私に、その中のひとりが去り際、小さな声で言った。

「腋毛さん」

全くわからない。なぜに私が「腋毛さん」。

腑に落ちぬまま練習が再開。いつものようにネットに向かって両手を上げて構えていると、反対側のコートに立つメンバーが一斉に笑うのだった。

急に不安になり、「トイレ行ってきます」と監督に申し出た。女子トイレに駆け込み、鏡の前でおそるおそる両腕を上げてみた。

驚愕した。何だこれは。私の両方の腋の下に、太くて縮れた毛がくっきりと生えていたのだ。両腋にちょうど二本ずつ。心拍数が一気に上がった。

こんな醜いものをもろ出しにしながら張り切ってブロックやアタックをしていたのか。無自覚にも程がある。腋の下を鏡でチェックする習慣なんてなかったのだ。


その日着ていたのは、腋の大きく開いたタンクトップ。見てくれといわんばかりのスタイルだ。これは笑う。凝視する。「腋毛さん」で間違いない。敬称を付けてもらえただけありがたいと思わなければいけない。

さて、困った。どうやって練習に戻ろう。私は意を決し、左の腋毛を一本つまんで力いっぱい引っ張った。だが毛根の皮膚がぴんと伸びるばかりで抜けない。もう一回頑張ろう。笑われるのは嫌だ。廃工場の壁にボールをぶつけているときの気分だった。よし、と勢いを付けてグッと引っ張ったら抜けた。光が見えた。この調子だ。

左、ラスト一本。奥歯に力を込めて引き抜いた。成功だ。左の腋の下はビンタをされたように赤く腫れてしまったが構わない。

次は右だ。利き手が使えないのでうまくいかない。中途半端に引っ張ると痛いだけだ。呼吸を整え、この一抜きにすべてを賭ける。毛をつまみ、天井に向けて勢いよく引いた。よし、成功。

右、ラスト一本。練習中の掛け声のように「ラスト！」と自分を励ます。迷いを捨てて全力で引き抜いた。両腋とも赤く腫れてしまったが、これでもう恥ずかしがることはない。

私は晴れやかな気分でコートに戻り、先ほどのポジションについた。相手コートに向かって両手を上げて構えると、ネットを挟んで対面した子の表情が明らかに困惑していた。

毛がなくなっている！

さっきまで確かにあった四本がない！

で、腋の下ありえないくらい真っ赤！

そういう顔をしていた。

練習の最後はサーブの打ち込みと決まっていた。コートの両サイドに分かれて二十本連続で成功するまで続けるのだ。

「毛が消えた」「むしった」

場が騒然とし、もはやサーブどころではない。結果的に、より人々の記憶に残るようなことをしてしまったのだ。

約三十年の時が流れ、私の初のエッセイ集『ここは、おしまいの地』が先日、講談社エッセイ賞という大変名誉ある賞をいただいた。

あまりにも予想外の出来事だった。

夕飯の用意をしようと米を研いでいたとき、担当編集者からの一報が届いた。のっそりと暮らす私だが、このときばかりは「ひぃいいいいいいいー！　きぃいいいいいいいー！」と首を絞められた猿みたいな悲鳴を上げた。それでも興奮は収まらず、居間の床をごろんごろんと転がって全身の震えを止めた。

泉のように溢れ出る喜びのあとに訪れたのは、目の前に横たわる現実だ。

地方の山奥暮らし。作家活動を家族や知人に打ち明けていない。

果たして、こんな状況で授賞式に出席できるのだろうか。

どうすればいい。再び床を転がった末に出た結論は「とりあえず腋の永久脱毛しなきゃ」だった。なぜか、それだった。

授賞式は九月十三日。人前に薄着で出ることと腋が直結したのは過去のトラウマによるものだろう。早速、脱毛サロンに予約を入れた。普段の自分には考えられない行動力を見せた。

こうして人生初の永久脱毛に通い始める。初回は体験コースだった。格安で二十本抜いてもらえるという。言われるがまま個室のベッドで仰向けになり、腋を丸出しにした。

「当日は毛を伸ばした状態でお越しください」という要望通り、大切に育ててから伺った。

初対面の人にそれを見せなければいけない。若くて美しいスタッフが電流棒のようなものを私の腋に当てながら話しかけてくる。リラックスさせるためなのかもしれないが、私の感情は腋をあらわにした時点で死んでいた。

「お仕事は何をされてるんですか？」ピッピピピッ。

機械音とともに、微かな痛みが走る。

「適当に、家にいるような感じで……」

「普段どのようなお手入れをされているんですか？」ピッピピピッ。

「適当に、その場限りの処理で……」

「今回どうしてご来店されたんですか？」ピッピピピッ。

「なんとなく、やっておこうかと思って……」

「いつごろまでに終了したいという目安はありますか？」ピッピピピッ。

「九月十三日です」

「えっ」

お姉さんの手が止まった。ずっと曖昧に答えていたくせに、その質問の回答だけ不自然なほど明瞭。電流棒を当てて自白させる拷問みたいだなと思った。

「それなら去年の秋から通っていただかないと」

「そんなに前から！」

愕然とした。私はどこまで無知なのか。毛にはそれぞれ生えてくるサイクルがあり、何度も通わなければ綺麗にならないそうだ。これは脱毛界の常識らしい。

「九月十三日には無理でしょうか」

「そうですね、完璧にはできないですね」

「そうですか……」

「九月十三日にいったい何があるというんですか？」

お姉さんは村上春樹の本のタイトルみたいな口調で尋ねてきたが、私はわかりやすく心を閉ざしてしまった。

「でも、できる限りのお手伝いをさせていただきますね」

お姉さんはやさしく励まして下さった。

「私みたいな歳でも通う人いますか？」

「入院や介護の前に体を綺麗にしておきたいとか、スイミングスクールに通う方とか、たくさんいらっしゃいますよ」

なるほど中高年っぽい理由である。

「ところで九月十三日に何があるんですか?」

彼女はまだ諦めていなかった。


帰り際「キャンペーン中なのでクジを引いて下さい」と言われ、箱の中から一枚引いた。一等だった。全員に一等が当たるようにできているのではないか。そんな穿った目で景品を確認すると「脱毛三十本サービス」と書いてある。思わず笑った。そうだった。ここは奪うことで喜ばれる世界なのだ。


「事情はわからないけど思いつめてるようだから九月十三日に間に合わせたい」という協力態勢によりハイペースで進めてもらっていた脱毛だったが、思わぬ自然災害に阻まれ、三回目以降は通うことができなくなった。店に通う交通手段も失った。

もはや脱毛どころではない。停電が続き、携帯電話も使えない。私は家を飛び出し、坂の上にぽつんと建つ電話ボックスをめざした。東京で会う予定になっていた担当編集者と連絡を取るにはこの方法しかない。コール音が続く。留守番電話サービスにつながったので慌てて切った。

授賞式の日程は迫っている。このまま連絡できなかったらどうしよう。普段インターネットでしかやりとりしていないということが急に心許なく思えてきた。東京がいつも以上に遠い。いま私が死んでしまっても、家族は編集者に伝えてはくれない。いつか来るかもしれないその日のことを考えると、ずっしりと心が重くなった。

いったん帰宅し、時間を置いてもう一度坂の上まで歩いた。すると今度は通じた。

「停電が続くみたいだし空港までの交通手段もなくなっちゃいました。授賞式に行けないかもしれない。復旧しても、こんなときに家族に何て言って出掛ければいいかわからない」そこまで一気に話すと涙が溢れ出た。

一生に一度の賞をいただいたのに、ここへ来て持ち前の運の悪さがとうとう出てしまった。会場には行けないし、腋毛は中途半端に残ったまま。あまりにも悔しくて、電話ボックスで子供みたいにおいおい泣いた。その中年の姿は相当不気味だったに違いない。通りすがりの老婆が歩みを止めて凝視していた。

このまま泣き腫らした目で当日を迎えるに違いない。そう思い、すっかり意気消沈していた私だったが、一週間ほどで交通網が復旧。九月十三日、私は何事もなかったように授賞式の壇上に立ち、担当編集者が買ってくれたフランス製のピエロの覆面姿で賞状を受け取った。たどたどしいスピーチも何とかこなした。一緒に頑張ってきた人たちが祝福してくれた。

私はこれまで、過剰に不安になり、突拍子もない行動を繰り返してきた。けれど、現実は私が想像しているよりも悪くないみたいだ。何よりも、ひとりで闘うしかなかった小学生のころの自分とは違う。

崖の上で踊る

十二月に入って原稿が全く進まない日が続いた。パソコンの前で頭を抱えたまま時間だけが過ぎてゆく。一文字も打てない。

年明けに編集者と会って原稿を見せる約束をしていた。もう何ヶ月も先延ばしにしてもらっていたから、どうしても仕上げたかった。

曇った窓に息を吹き掛けて磨いたら大掃除とともに心も晴れるだろう。そうやって自分の気持ちを適度に放っておいたけれど、クリスマスを迎えても、実家の大きなテレビで紅白を観ていても落ち着かない。何も楽しめない。今回の「書けない」は頑固だった。

「冬季うつ」というやつだろうか。これは日照時間の短さが関係するといわれている。

確かに、この北の果ては雪に覆われ、日中も夕方のように薄暗い日が続く。

昨冬も同じ状態が続いた。わけもなく落ち込み、家の中を片付けられない、何日も風呂に入れない。買い物にも行けず、夕飯の用意ができなかった。

そんな八方塞がりの日々から抜け出そうと、昨年はスープを作っていた。コンビニの書棚に並ぶレシピ本の「ココロとカラダをいたわる」という文字に惹かれたのだ。

約九十品目が掲載されていた。一日に一品ずつ飲んでいけば春までに健全になるんじゃないか。我ながら良い思いつきだと思った。冷静に考えればその行為自体が強迫めいているのだが、「何かやらなきゃ」と立ち上がっただけでも前進だった。


その日から、私は私のためだけにスープを作り始めた。レシピの横に日付を書いた。十二月二十一日「キャベツの巣ごもりスープ」。健康重視のためか、見た目はそれほど美味しそうには見えない。材料をメモして毎日買い物に出かけるようになった。時にはポリ袋に入れたアボカドを麺棒で潰すことに快感を覚えた。さりげなく出てくる「蟹の缶詰」に恐れおののいたりもした。その習慣も、二月八日「高野豆腐の五目スープ」を最後に途絶える。掲載された半分ほどのスープに手を出さないまま。

陽の落ちかけた台所でひとり、鍋と向き合っていたはずなのに、残念ながら肝心の味は思い出せない。「味わう」ことが目的ではなかったからかもしれない。料理というよりも「トレーニング」だった。

本に残された日付と調味料の染みは、まるで日記のように当時の記憶を呼び起こす。「苦しい、苦しい」と綴り始めたそれは、いつしか自分のために鶴を折るような作業に変わっていった。ひとつ、ひとつ、祈りを込めて。ここから抜け出せますように、と。

結果的にスープの力なのか、雪解けの兆しに合わせて気持ちが上向いてきたせいなのかわからず仕舞いだったけれど、春を迎えるころには普段の自分に戻っていた。

今年の冬も目の前の壁をなんとか乗り越えたい。

さて、どうしようかと悩んでいたとき、通い始めたペン字教室で、たまたま隣の席に座った九十歳の女性にこう言われた。

「私は、あと何年生きられるかわからないの。いまのうちに何でもやっておきたいじゃない。あなたは若いんだからもっと表に出て刺激を受けなさい」

聞くと八十歳を過ぎてから華道や茶道を習い始め、最近ではプールにも通っているという。彼女はいつも背筋が伸びていて、身だしなみにも気を遣っている。品があって素敵な人だ。

「もっと表に」。その一言は私の背中を押した。

正月の賑わいも終わりを迎えたころ、私は妹夫婦の家へ泊まりに行った。

彼女には小学生の息子がふたりいる。冬休みで暇を持て余す兄弟の相手をしてほしいと、かねてから頼まれていたのだ。

居間に通されるなり兄弟が駆け寄ってきて「スマブラやろうよ」とゲームのコントローラーを渡された。「相手」とは、このことだったらしい。

その単語は耳にしたことがあったけれど、ゲーム名だとは知らなかった。そういう次元からのスタートだ。私のゲームの知識は小学生時代のファミコンで止まっている。

テレビの画面を見ながら戦うらしい。

「これってどういうゲームなの？　どのボタンを押すの？」

「いいから早くキャラを選んでよ」

私の問いかけを完全に無視し、兄弟が急かす。画面にキャラクターがたくさん現れた。どれが強い技を持っているかなんて当然教えてもらえない。知らない顔だらけの中、ピカチュウを選択した。この黄色い生き物は、かろうじて見たことがある。

「私は誰と戦うの？　何のために戦うの？　どうなったらゴールなの？」

再び兄弟に無視され、画面が切り替わった。

わたくしピカチュウは狭い崖の上に立たされ、何者かに素早い動きでボコボコにされ、爆弾をぶつけられ、最後には自らその崖から身を投げた。ものの数分であっさり絶命した。

「弱すぎじゃん」

「半日だけ練習させてちょうだい。強くなってから勝負する」

「うちはゲームの時間が三十分って決まってるから駄目だよ」

おとなげなく懇願するも、謎の家庭内ルールにより、あっさり却下された。

だが、あまりにも不憫に思ったのか「カービィなら、ふわふわ飛べるよ」と生き延びるヒントを与えてくれた。

ピンク色のカービィ。この顔も見たことがあった。

わたくしカービィは画面の左右で弾んでいるうちに両サイドから雷のような爆撃を受けた。兄弟に挟み撃ちにされた。やはり最後には崖から落ちてしまった。これはライバルを崖から落とすゲームなのだろうか。

「下手すぎてつまんないんだけど」

小学生にそう言われ、無性に悔しかった。私は負けず嫌いなのだ。このままではいけない。明日までに知恵をつけて兄弟を驚かせてやろう。

そう思って裏技を検索したけれど、そこにあふれるカタカナの意味を理解することができず、頭が痛くなってそっとブラウザを閉じた。知恵すら得られない。スマブラ。あれは何をするゲームなのだ。なぜあの人たちは家族ぐるみで一切ルールを教えてくれないのだ。スマブラに思いを馳せる日が訪れるとは思わなかった。

その晩は子供部屋のベッドが私の寝床になった。枕元にはピカチュウのぬいぐるみがある。その何も見ていない黒い瞳が闇の中で光っていた。

ゲームに強くなって甥に尊敬されたい。

このままではスマブラを買ってしまう。一年かけてひそかに練習してしまう。夫が出勤するや否やコントローラーを握る姿を想像しながら眠りについた。

翌朝六時半に起きると、すでに家族はそれぞれ慌しく動いていた。

妹と義弟Mはその日が仕事始めだった。妹は朝食の用意をしつつ自分のお弁当を詰め、義弟Mは風呂と洗面台の掃除をしている。日当たりの良い窓辺に洗いたての洗濯物が干してあった。これも義弟Mが出勤前に行う家事のひとつなのだ。結婚以来続いている彼らの分業に無駄な動きはひとつもなかった。

私と兄弟が身支度を終えると、全員そろって食卓についた。トーストと果物と飲み物。朝食はフライパンを使わず、さっと用意できるものと決めているようだ。

ちゃんと生きている人たちだ。

毎朝こうして一日を迎えているのだ。

清潔に保たれた家で、それぞれの役割をまっとうしながら。

何もしていないように見えた兄弟だって、小学校低学年なのに親に注意されず歯を磨いたり顔を洗ったり着替えたりできるなんて素晴らしいじゃないか。

何でもない顔で、何でもないことのようにこなしている。この家族が積み重ねてきた日々を思い、泣きそうになった。


妹が先に出勤した。義弟Mはそれを見送り、掃除機をかけ始めた。さすがに「私も何か手伝わなくては」と立ち上がり、シンクに積まれた食器を洗う。

「ありがとう、助かるよ」

その声に顔を上げると、彼が食卓に除菌スプレーを吹きかけ、丁寧に拭いていた。

そこまでするんだ！　回転寿司のカウンターにも負けぬ清潔度！

感心しきりの私に気を留めることなく、「じゃあ留守番よろしくね」と言い残して彼も出勤した。片手に可燃ゴミの袋を持って。完璧だ。

兄弟も間もなく出かけるという。

「それまでちょっくら戦いましょうかね」

兄がそう言い、弟と私も誘いに乗った。

彼らが持ってきたのは小型のゲーム機だった。

「それ何ていうゲームなの？」

「パズドラだよ」

これもよく耳にしていたけれど、目の前で見るのは初めてだ。彼らの手元を覗き込むと、昨晩のゲームよりも面白そうに見えた。

「おばさんもやってみたい」

「おばさんにも貸してよ」

何度も催促するが返事はない。そうこうしているうちに「ゲーム時間終了です」と兄の声が響いた。三十分経過していたらしい。ふたりは片付けをして、さっと出かけていった。ケチだけど、しっかりと育っている。

私は忘れないように「やるならパズドラ」と手帳にメモした。

部屋を清潔に保ち、ゲームをする。生活に張りが生まれ、反射神経も良くなり、甥にも尊敬される。去年はスープ、今年はゲーム。私は私のやり方で出口を見つける。

錆び星

験を担ぐ。ある物事に対して、以前に良い結果が出た行為を繰り返し行うことで吉兆をおしはかること。また、良い前兆であるとか悪い前兆であるとかを気にすること。縁起を気にすること。辞書にはそう書いてある。

私はこの数年、見えないものの力にすがるようになった。

神社を見かけては足を運び、必死に手を合わせる。電車や車に乗って景色を眺めているときも鳥居が視界に入ると、胸の前で両手を組んで祈りの儀式に入る。思いつく限りの願いを唱える。小さくぶつぶつと声が出てしまっているときもある。傍から見たら相当切実な顔をしているに違いない。

祈りの儀式が始まったのは二〇一五年の春、クイック・ジャパン編集部からエッセイの依頼をいただいたとき。千字ほどの短い読み切りで、何を書いてもいいという。初めての商業誌。これが最初で最後になるかもしれない。中途半端なものを書いて後悔したくなかった。

まず向かったのは、当時住んでいた田舎町の小さな神社だった。神に祈るしかなかった。

その神社は町を見下ろす高台に建っていた。境内には大きなミズナラやカシワの木が枝を張り、昼間なのに薄暗かった。出迎える狛犬の尻尾と牙は欠けていた。不気味で不吉な神社だ。参拝者は見当たらない。私はお賽銭箱の前で考え込んだ。

果たして、いくら入れるのが妥当なのだろう。

これまでお賽銭のことなんて深く考えたことがなかった。そこまでして叶えたい具体的な望みがなかったのだ。スマホを出して「お賽銭　いくら」と検索したい気持ちをぐっと抑えた。神様の前で失礼だ。

こういうときは所持金をまるっと入れたほうがいいのだろうか。本気の願いなんだからそれくらいの意気込みを見せるべきか。

財布の中を覗くと一万円札が一枚。いや、待てよ。このあとスーパーで夕飯の買い物をするのだ。私は現実に引き戻され、小銭ケースに入っている全額のみを投じることにした。数えると七百円以上あった。

「うまく書けますように」

簡潔に願った。本当にそれだけでいいから、どうか力を貸してください。

不気味神社のご加護か、私はあまり悩まずに書き上げることができた。子供のころからつい最近までの父親の奇行を書き並べた。見てきたままを綴ったので、いい感じに力の抜けた文章になった。

うまく書けたのかどうかはわからない。だけど、掲載誌を読んだネット上の人たちが「おもしろかったよ」と言ってくれた。それで充分だと思った。

きっと誰かに依頼していた穴を埋める形で声が掛かったのだろう。その代打になれたのならよかった。

私は件の神社へ赴き、再び小銭全額を投じ、手を合わせた。

「ありがとうございます。なんとかなりました」

今回はお礼と報告である。

何事もなく一月ほど経ったある日、再び同じ編集部からエッセイの依頼をいただいた。

また書いていいんだ。信じられなかった。

私が真っ先に向かった場所、それはもちろん不気味神社である。夏祭りと年末年始の数日間だけちやほやされ、あとは誰も足を踏み入れない辛気臭い神社。どの神様にも願いを叶えてあげられる力があるとしたら、この神社はあまりにも放置されすぎて余力があり、私に残り全部の力を注いでくれたんじゃないか。そう信じることにした。私は昔から思い込みが激しい。

こうして、私の験担ぎが始まった。執筆の依頼をいただくたびに不気味神社の賽銭箱に小銭を全部入れる。掲載後はお礼に向かう。ここまでをひとつの儀式とした。

あれから二度引越しをしたが、その先々でも古ぼけた社を探した。私にとってご利益のある神社は、より不気味で不吉であること。頼りない見た目の神様が私を救ってくれるのだ。思い込みはどんどん加速していった。

デビュー作の私小説『夫のちんぽが入らない』と二作目のエッセイ集『ここは、おしまいの地』の書籍化が決まった際も念入りに足を運んだ。

「儀式」を始めて二、三年も経つと、お参りの頻度もエスカレートしていた。

通常の原稿作業以外にも、書籍の予約が始まった日、ネット通販に本の画像が表示された日、書店に搬入が始まった日、エッセイ賞授賞が決まった日、書籍関連の仕事で上京する前。うまく書けますように。家族に知られずにこの先も書いていけますように。本を買ってもらえますように。制御不能の機械のように際限なく鳥居をくぐるようになった。近所の人には賽銭泥棒の下見だと思われていたかもしれない。もはや祈願ではなく、「そうしなくてはいられない」という強迫観念のようなものだ。鳥居依存症である。

あるとき、神社仏閣のサイトを眺めていたら「参拝のマナー」として、こんな一文があった。

お願い事ではなく「誓い」をすること。我欲はいけません。

神様に願い事ばかりするのは失礼にあたるのだそうだ。冷や汗が出た。

また、お賽銭は多ければいいというものではなく、「気持ち」が大事とのこと。私は駄目なことしかしていない。田舎の神は、しつこく通いつめる人間にさぞあきれていただろう。

そういえば、子供のころにもこれと同じような行動を続けていた。

小学五年のある時期から、朝学校へ行く準備をしているとお腹を下すようになった。腹痛の薬を飲んでも一向に治らない。なんとか登校するも、朝の会が始まると再び激しい便意を催す。わずかな休憩時間があればトイレに駆け込むことができるのだが、そのまま一時間目の授業が始まってしまうことが多く、絶望の連続だった。こらえて乗り切る日もあれば、保健室に行くという口実でトイレにこもることもあった。

高校を卒業するまで、学校がある日は毎日その症状に悩み続けた。休日は何ともない。学校が嫌いではなかったけれど、人と話すことに異常なほど緊張していた。そこに、お腹を下したらどうしようというプレッシャーが加わり、「学校へ行く」という行為そのものが恐怖に変わった。

母はそんな私を「神経たかり」と呼んだ。故郷の方言で「神経質」という意味である。言葉の響きのせいか、「神経質」よりも「神経たかり」のほうが病的に聞こえる。ハエが残飯にたかっているような忌まわしい画が浮かぶ。私の神経は黒々とした汚らしい塊なのではないか。母の口からその言葉が発せられるたび、得も言われぬ恐ろしさを感じた。

朝が怖い。どうして私のお腹は暴れてしまうのか。二階の自室の窓を開け、うなだれるように風を浴びていると不思議なものを目にした。

窓の真下の青いトタン屋根に星の形をした茶色い錆があった。青空にひとつ浮かぶ、孤独な星。誰も知らない私だけの発見だった。

触れてみたいけれど、身を乗り出すには高さがあった。

その星に向かって唾を垂らすと命中した。無関係だった錆び星と自分がひとつになったような気がした。「これは私のもんです」とマーキングしたような、動物的な達成感があった。

翌朝から学校へ行く前に窓を開け、星に唾を命中させるようになった。当たるまで何度も垂らした。その姿は何かに取り憑かれていた。

一回で成功したら、きょうはお腹が大丈夫な日。二回目だったら学校のトイレで痛みが治まる日。三回目だったら保健室に行く日。

錆び星は私のその日の運命を握るアイテムと化した。屋根が雪に覆われる季節まで、そんな野蛮な行為を続けた。雪が解けると、また始めた。我が家の屋根は災難でしかない。

次第に星の五角形の尖りは失せ、彗星のように先端は丸みを帯び、尻尾が生えた。私の唾液は天体の成り立ちを変えた。

小五から中一のころまで人知れずおこなっていた。腹の調子はまったく良くならなかった。

自分だけのルールで、一定の行動を続けたがる。その性質は子供時代から現れていたのだ。母が「神経たかり」とあきれる理由もわかる。

二〇一八年の初めに、いつもの神社で「幸運を呼び寄せる漢字」を授けるおみくじを引いた。そこには「結」と書いてあった。

「良い結果を得ることは、自身の成果につながります。結果までの過程も大事ですが、結果を出して一人前と評価されるもの。途中の過程で自己評価をすることは自己満足に過ぎません。結果こそ、すべてが凝縮されているのです」

これまで私が大事にしてきたものとは逆だった。私はどのような結果になろうと、そこまでの道のりを重視してきたつもりだった。

わかるような、わからないようなメッセージだな、と思いつつ、このおみくじを財布に入れて持ち歩いた。古くから利用しているSNSのハンドルネームを「結」に変えた。


そのパワーであろうか。二〇一八年は私にとって忘れられない年になった。デビュー作が文庫化され、漫画化、そしてドラマ化も決まった。東京、大阪、札幌へ足を運び、読者やお世話になっている書店員さんらと対面することもできた。近年で最も多くの人に会い、励まされ、感謝した一年だった。まるで「結」のおみくじ通りではないか。

私は決めた。この先も、このおみくじを引く。たとえ「糞」や「虫」や「屑」と書いてあったとしても、その一文字を愛おしく思い、大切にする。

私はずっとそんな調子で、理論とか根拠なんかとは別のものに身を委ねながら歳を重ねていくのだろう。

実家に帰ったら仏壇の祖父母の遺影の前でぶつぶつと我欲を述べてしまう。ふたご座流星群、オリオン座流星群、ペルセウス座流星群、どれだけ極寒の夜だろうと流れ星を見つけるまで粘る。ぴったり七百七十七円になったスターバックスのレシートを財布に入れて持ち歩く。そして事あるごとに七百七十七円になる注文を続ける。

最近、見かねた知人に「その執着心を他のことに生かしたらどうか」と言われた。

私の験担ぎはこれからも増える一方だ。こうなったら全部やっていく。錆び星に代わる心のお守りを携えて生きていく。

おそろい

結婚二十周年は磁器婚式と呼ばれるらしい。磁器のように硬く簡単に壊れない。そして年月と共に深みと価値を増す関係。「愛する妻に記念日のプレゼントを」と語りかける冊子にそんなことが書かれていた。少し前に我が家もその節目を迎えた。初めて耳にした言葉だったけれど、金や銀に比べるとずいぶん質素なその存在は、いまの自分たちの姿をよく表しているような気がした。

お互いに何かを贈り合ったりはしなかったが、記念日の夜、遠くに住む義母から小包が届いた。綺麗なラッピングを解くと、中に入っていたのは色違いの財布だった。保証書の付いた、いかにも高価そうな品である。

「これ使うのかなり恥ずかしいな」

夫は正直に言った。

彼はポケットにすっぽり入る小銭用の財布しか持ち歩かない。子供向けの文具売り場で買ったやつだ。布地にひよこの親子が刺繡されている。こんなものを愛用する中年男性はそういないだろう。職場の上司がひよこ財布をすっと出したら「家庭で虐げられてるのかな」と心配になる。

夫はそのファンシーな財布にクレジットカードと小さく折り畳んだ千円札をねじ込む。自販機から必ず押し戻される、くっきりと折り目のついたお札。

「お義母さんって私たちの暮らしをわかってないよね」

不釣合いな財布をひととおり眺めたあと、両親に会う日だけ使うことにしよう、と箱の中に戻した。


私たちの生活は驚くほど地味だ。それはいまに始まったことではない。

夫とは大学時代に出会った。家賃の安い風呂なしアパートに暮らす者同士だったから、きっと生活のレベルも同じくらいだろうという安心感があった。

夫は大きな穴の開いた靴下を履いているし、毛玉だらけのトレーナーばかり着る人だった。流行にも無頓着だ。私も持ち物にあまり関心がない。おもしろい小説やお笑い番組があればそれで満足だった。

価値観が合う。ますますいいぞと思った。山奥育ちの私にとって、背伸びをせずに付き合える相手だった。


しかし、交際三ヶ月を迎えた夏、私は気付く。育ちの違いは生活の些細な場面に表れるのだと。

大学の授業を終えて、近所のスーパーで見切り品のシールが貼られたメロンを買って帰った日のこと。夕食後にそれを三日月型に切り分け、ふたりでスプーンですくって味わった。オレンジ色の果肉は苦味を伴うほどよく熟れていた。私はこれくらいのやわらかいメロンが好みだった。皮のぎりぎりまですくって食べられるからだ。緑色の部分までやわらかく、美味しい。気が付くと無言でメロンをほじっていた。

ふと視線を感じて顔を上げると、夫が凝視していた。

「乞食の食い方じゃん」

夫の皿に目をやり、驚いた。果肉を一センチほど残した状態でスプーンが置かれている。皮と平行にスーッとナイフを入れたかのように均一だ。オレンジのところを残すなんてありえない。貴族のような食べ方だった。

「メロン嫌いでしたか？」

「いや、果物の中で一番好きだよ。でも、皮まで食う人は見たことない」

「皮じゃないです、スプーンが刺さるところまでが実ですから」

「そこはクワガタとかが食う場所だよ」

途端に恥ずかしくなった。私の残骸は紙のように薄かった。

私と彼の数センチの差。それがなんだかとてつもなく大きな溝に感じた。

私とは違う生き方をしてきた人なのだ。


思えば私はメロンに対して並々ならぬ執着があった。

子供のころ、夏になると東北に住む叔母がメロンを何箱も送ってくれた。配送の都合なのか、それは食べごろを迎える前のまだ実の硬いものだった。

私は「もう食べていい？」と玄関の片隅に置かれた箱の中から一玉取り出し、母の目の前に掲げる。そんなことを何日も繰り返していた。

我慢できなかった私は、夜になると二段ベッドの自分の寝床にメロンを何個も運び入れた。親鳥が卵を抱くように、温めてあげたら早く熟すと思ったのだ。横向きになり、くの字に身体を折り曲げてメロンを数個抱える。膝元にもいくつか配置する。網目を愛おしく撫で、「早く食べさせてください」と祈りながら眠りについた。

好きなものに囲まれて寝る。振り返っても、こんな甘美で幸福な夜はなかった。こっちは幾夜もメロンと寝てきたのだ。メロンで笑われる筋合いはない。

二十年以上経ったいまでも夏を迎えるたびに「クワガタ」「その食べ方は本物のメロン好きではない」と言い合いになる。お互い好きなものに対して譲らない。

ここ数年は、ふたりでメロン食べ放題の旅に出ている。大皿に盛られたメロンを前に、夫は貴族の食べ方を貫き、私は皮すれすれまで粘る。

あるとき父と母の様子を見ていたら、メロンの皮を突き破る勢いで実をえぐり、クワガタ領域までしっかり食べていた。「やっぱり親子なんだ」と思った。こんなところに育ちが出るとは思わなかった。

食に関する違いはまだある。

好きなものを最初に食べるか、最後に取っておくか、という好みの問題だ。

私は前者で、夫は後者である。

私は小学校時代に聞いた話が忘れられず、意識的にそうしている。担任が学校を休んだ日、給食の時間にやってきた校長先生がこんな話をしてくれた。

好きなものを先に食べる人は無意識のうちに「この中でこれが一番好き、次にこれが好き」と「好き」を探しながら食べるのだと。

私はその考え方がいたく気に入り、大人になったいまでも付け合わせのプチトマトやフルーツなんかを真っ先に食べてしまう。ショートケーキの苺も、もちろん先だ。「デザートは最後に」というルールは自分の中にない。一番お腹が空いているときに、一番好きなもので身体を喜ばせたい。

一方、夫は嫌いなものから手を付ける。豆、にんじん、ピーマンなどの入ったおかずを集中的に。目の前から全部消し、最後に好物のおかずにありつくのだ。鶏の唐揚げを一個だけ大事に皿の上に残しているのを見て、この人は唐揚げが好きなんだとわかった。最初に箸をつけた料理を「口に合わなかっただろうか」と気にしていた時期もあった。

長年一緒にいても変わらないし、変える必要のないことはいくらでもある。

いきなり話は変わるが、先日、心療内科を受診した。眠れない夜がしばらく続いていた。ツイッターには冗談交じりに「寝ないと病気になる」と決め台詞のように投稿していたけれど、どうやら既に鬱病だったらしい。「なる」じゃなくて「なっていた」のだ。

もともと些細なことを引き摺りがちな性格ではあったけれど、昨年末あたりから、ぐんと気が沈んでしまう日が増えた。

朝六時に起床し、夫が出勤すると、そこから何も手に付かない。持病の薬を飲む都合上、パンとコーヒーくらいは口にするものの、顔を洗ったり着替えたりといった身支度ができず、ぼうっと宙を眺めたり横になったりして夕刻を迎える。魂が抜けたように気力が湧かないのだ。

それに伴い、ただでさえ提出の遅い原稿が更に書けなくなった。パソコンの前に座ることができなくなってしまった。

書きたいことは日々あれこれ浮かぶ。思いついたら手帳やスマホを取り出してメモしている。この数年であちこちにさまざまなテーマで書いてきたけれど、エッセイの題材は不思議とまだある。

私は枯れたわけじゃない、まだ駄目になっていない。

そう自分を励ますけれど、「書く」という作業にどうしても向き合えない。だけど、時は待ってくれないから締切が迫る。前日や、ひどいときには当日の朝になってパソコンを開くことが何度かあった。

これでは原稿を依頼してくださる方にあまりにも失礼だ。引き受けたときは心が元気だったのだ。私はその場の気分で「大丈夫です」と言ってしまうことが多い。そうして各方面に発した「大丈夫」が積み重なり、窒息しそうになっていた。

このままでは信用を失ってしまう。そう危惧し、五月半ばにようやく心療内科を受診した。「病院に行かなきゃ」という思いは二年ほど前からあった。最初の本を執筆している最中だった。それを先延ばしにしているうちに精神的に限界がきてしまったのだろう。

初診だったので、医者に生育暦や職歴、病歴などを細かく訊かれた。子供のころからストレスで体調を崩していたこと、精神的に病んで教師を辞めたこと、心療内科や精神科を受診するのは初めてであること、現在は在宅でライターをしていること。最後のひとつはかなり濁しながら話した。自著に辿り着いてほしくないからだ。

医者から「鬱病」と言われたのは想定内だったけれど、その原因は意外なものだった。長年患っている自己免疫疾患が発端かもしれないというのだ。その病は全身や内臓を悪くするものだけれど、中には鬱病を伴う人もいるらしい。

私の場合は過去に学級崩壊という強いストレスにより発症したが、執筆作業に没頭するうちに第二ステージへと昇格していたようだ。

深刻な話なのに、ちょっと笑ってしまった。

私、昇り詰めてるな。

医者の「自己免疫由来の鬱」という言い方も「植物由来の乳酸菌」みたいで好感が持てた。何より原因がわかったことで気持ちが楽になった。

そう、私は「書きたくない」んじゃない。そういうストレスじゃない。連載の題材はあるし、次の小説のテーマも決まっている。書きたいのに身体が言うことを全然聞いてくれないだけなのだ。

鬱病と言われたのに、ほっとしている自分がいた。この霧が晴れたら、きっと書ける。書いていたい。そう思うと、帰り道、涙が止まらなかった。

日常生活を送れるように「やる気の出るお薬」を一ヶ月分処方された。馴染みのある文言である。パニック障害を患う夫も同じタイプの薬を飲み続けているのだ。

「我が家はどんだけやる気がないんだ」とまた可笑しくなった。

磁器婚式を迎えて、おそろいの薬を携える。それは義母からもらった色違いの財布を使うよりも強固なつながりのような気がした。

先日、「足の裏の色で身体の調子がわかる」という情報番組を観ていた夫が不意に靴下を脱いで「何色?」と訊いた。

そこには靴下の黒い糸くずがいっぱい張り付いていた。

「色というよりゴミだらけだね」

「ゴミだらけっていう判定はないな」

私たちはこの先もこうやって暮らしていくんだろう。

メルヘンを追って

人の言葉を真に受けるのは今に始まったことではない。

「そろばん教室の時間だから掃除できないの、ごめんね」とランドセルを背負って足早に帰って行く女の子たちを見送り、おとなしい男の子とふたりで雑巾がけをした。次の日も、そのまた次の日もその子とふたりだった。黙々と机を運んだ。三日目ともなると、私の中に情が湧き始めた。この四年一組には活発な人、要領のいい人、文句ばかり言う人、いろんな人がいるけれど、私たちは同じ部類だ。口数は少ないが、やることはちゃんと最後までやり通す者同士だ。だから、思い切って話しかけてみた。

「そろばん教室って毎日あるんだね」

するとと彼は怪訝な顔をしながら言った。

「あるわけないじゃん。俺らに押し付けて遊びに行ってるんだよ。気付かなかった？」

驚きのあまり硬直してしまった。彼と私は、ぜんぜん違う。彼は同級生の狡猾さも、それに黙って従っている理不尽さも承知の上だった。おとなしいのではなく、静かに怒りを溜めていたのだ。それにひきかえ、私はなんておめでたい人間だろう。人の役に立っていると思い込み、悦に入りながらほうきを握り締めていたのだ。

学生時代はそんなことの繰り返しで、おだてられて宿題のノートを見せたり、他人の分まで読書感想文を書いたり、挙句の果てには同級生が友達とファミコンをしているあいだ、電話で呼び出されて彼女の飼い犬の散歩をさせられていた。毛並みのよくないシェパードだった。「いいように使われてるだけじゃねえか、目を覚ましてくれ」と過去の自分の肩を揺すってやりたくなるが、頼み事をされているときしか人との接点がなかったから、本当はちょっとだけ嬉しかったのだ。

残念ながら、大人になってもあまり変わらない。

その証拠に私は昨秋、大きな失敗をした。面識のない男の嘘を真に受け、あろうことか三度もお金を振り込んでしまったのだ。総額四十四万円。シェパードの散歩がどれだけ健全だったか思い知った。

男はＳＮＳ上で創作活動をおこなっていた。ふんわりとした名の印象からメルヘンていた。東京では少ないパイプオルガンのコンサートを聞くべく、年に何度も通ったものだ。

※

（仮名）としておく。直接交流はなかったものの、共通の知人が複数いたので、初めてＤＭ（ダイレクトメッセージ）を受け取ったときは原稿の依頼かと思った。

そんな甘い考えを秒で打ち砕くように、彼はいきなり本題に入った。

「ブラックな事情で会社をクビになり、はや二ヶ月、バイトで食いつないでいましたが腰を痛め療養、家賃を滞納しはじめたところで生活に暗雲が。無収入、家賃滞納、孤立無援なので頼る人が限られています。もし余裕があったら、信用して貸せる額を融資してください。返済に関しては、まず腰の治療をして家賃を払ったのち、仕事を始めてからになります。正直、年明けです。こんなクソみたいな条件でもよければ、まとまった額を貸してください。必ず返します。お願いします」

寅さんの口上を彷彿とさせる出だしのリズム。手当たり次第に送信していることを隠そうともしない文面だった。どう考えても怪しい。だけど、周囲から援助してもらえず、面識のない人間に頼るしかないところまで追い詰められているのでは。それだけ切羽詰まった状況に違いない。私はそう解釈してしまった。会ったことはないけれど、相手をまるっきり知らないわけではない。私も病気をしたから、働けない辛さはわかる。

「メルヘンさんでいいんですよね？　乗っ取りとかではなく。ご本人からの連絡であるなら微力ではありますが協力したい」

「はい、間違いなくメルヘンです。メルヘンに関することであればすべての質問に答えられます」

すべてが明らかになった今だから言える。何なんだよ、このやり取り。恥ずかしすぎるだろ。ここで「成りすましです」なんて答えるわけがない。

「こんな大変な目に遭っているのに疑ってすみません。ちなみに家賃滞納額はおいくらですか？」

「二十三万千円です。七万七千円の三ヶ月分です」

「わかった、ちょっと待ってて」

いや、早い早い。しかも、この数回で形勢が逆転し、なぜか私が謝る側にまわっている。何だこれ。

「ちゃんとご飯食べてますか？　お母さんみたいなこと言って恥ずかしいけど。住所教えてくれたら食べ物送るから」

「いま元カノの家族が送ってくれた米で生きています。飢え死にしそうになったらまた頼るかもしれません。お母さん……」

本当に何だこれ。どんな茶番だ。しかし、このときの私には「お母さん」の一言が思いのほか効き、上乗せして三十万円を振り込んでしまった。「人に優しくされたのが本当に久しぶりで若干潤んでいます」「命の恩人」といった感謝の言葉に、義母ならぬ偽母である私は「いつでも言ってください」と答えた。

「追加の融資を」と畏まった文面が届いたのは、その二週間後だった。仕事復帰するにはヘルニアの手術が必要だと整骨院で言われたらしい。「いつでも言って」と言ったのは私である。本当にまわりに援助してくれる人はいないのだろうか。遠回しに尋ねた。

「手術費用はどれくらいかかるのでしょうか。メルヘンさんはご家族から援助してもらえるんですか？　入院となるとお金だけでなく身の回りも大変だと思うのですが」

「入院費と合わせて二十五万くらいですが、全額でなくても助かります。親はもうどちらも亡くしてしまいましたが、昔の同僚が暇を見て荷物などを届けてくれるので大丈夫です」

　いきなり二十五万円。しかし、それよりも重くのしかかったのは両親が他界しているという話だった。ブラック企業、職なし、家賃滞納、働けないほどのヘルニア、手術、両親他界。メルヘンはまだ二十代だという。若者がこんなに苦労を背負わされていいのだろうか。急に日本の未来が心配になった。私は運よく本を出し、原稿の依頼もいただいている。日本の若者みんなを救うことはできないけれど、せめて助けを求めてきた人には手を貸したい。またしても心が動いた。

でも二十五万という金額には引っ掛かる。私は入院や手術の経験なら人より豊富だ。手続きひとつで一月に掛かる医療費をかなり抑えることができるのだ。私はその手順がわかるサイトを貼って教えた。

すると後日、「九万円で入院させてもらえることになりました。貸していただくことは可能でしょうか」と返信があった。大事なお金が無駄にならなくてよかったね、と思いながら振り込んだが、その言葉が結果的には自分への慰めとなることに、この時点では気付いていなかった。

退院したメルヘンから、働けるまでの生活費として五万円の援助を頼まれ、「これを最後に」という約束で振り込んだ。そんな流れで計四十四万円になった。

これでよかったのだろうか。日が経つにつれ焦り始め、担当編集者やネット上の知り合いに打ち明けた。

「いいわけないだろう」「完全に騙されてます」「血を流しながら原稿を書いて得たお金ですよ」「仮にその話が事実なら役所に窓口があることを伝えて」

全員同じ意見だった。同人誌仲間は「作家として登場人物をこんなベタな設定にします？　ありえないでしょう」と呆れていた。その通りだった。

メルヘンを知る人たちに聞いて回ったところ、金遣いが荒くギャンブルにつぎ込んでいる、呼吸するように嘘をつく、催促しても返済してもらえない人がいることなどがわかった。知れば知るほど青ざめ、耳を塞ぎたくなった。

こうなったら、こちらから動くしかない。四月某日、東京近郊。とある市の喫茶店。眼光の鋭い男二人と坊主頭（以下、眼光A、眼光B、坊主）の四人で最終の打ち合わせをした。メルヘンの実家を突撃訪問し、返済能力のない本人にかわって、収入のある両親に念書を書いてもらおうと数ヶ月前から計画を立てていたのだ。

眼光Aは私と同じ被害者。メルヘンと面識があり有力な情報をたくさん提供してくれた。彼はメルヘンの免許証の写しを持っており、そこから実家の住所と電話番号もわかった。眼光Bは『夫のちんぽが入らない』の担当編集者。訴訟も見据えて助言をいただいた。心配もしてくれるが「おもしろそう」「どうせやるなら派手に」と物静かだが危険な発想の持ち主である。最後に坊主。彼にも借金の依頼があり、「手渡しなら貸せる」と「メルヘン捕獲」のために機転をきかせてくれた。しかし、メルヘンは坊主の誘いをのらりくらりとかわした。詐欺師の勘がはたらいたのかもしれない。

メルヘンの実家は坊主が事前に下見し、マンションの部屋番号も確認済みだ。両親は在宅だろうか。不在ならそこで終了。四人が集まれるのはこの日だけ。チャンスは一度だ。

念のため、眼光Aが実家に電話を入れたが誰も出なかった。折しも世間ではアポ電詐欺や強盗の被害が話題になっていた。事前に在宅を確認してから犯行に及ぶ犯罪だ。メルヘンの両親からみれば私たちも「それ」にしか見えない。こちらが被害者なのに、なんて皮肉だろう。

このままじゃ帰れない。突撃するしかない。私たちは意を決し、インターホンを押した。女性の声で「はい」と反応があったが警戒されている。ドアは開けてもらえない。眼光Aが言葉を選びながら丁寧に話を進めた。息子さんが私たちにその場限りの嘘をついて多額のお金を借りていること、催促しても返してもらえずにいること。

すると、母親は「チェーンを掛けたままでいいですか」とドアを少し開けてくれた。その隙間から怯えるような瞳が見えた。私とメルヘンのやりとりの記録を印刷したものを手渡す。「あの子こんなことをしてるんですか」母親は言葉を失い、やがて観念したように私たちを居間に通してくれた。

メルヘンは、しばらく前に母親と喧嘩して家を出て行ったきりだという。母親は私とそれほど歳が変わらないように見えたが、父親は高齢だった。ふたりとも状況を理解するのに精一杯で、心が追いついていなかった。「両親は他界した」という息子の一文をどんな思いで読んだのだろう。

正直に言うと、両親に会う直前まではどこかわくわくしていた。詐欺師の実家に押し掛けるなんて一生に一度の経験だから。

だけど、これはドラマでも探偵ごっこなんかでもない。チェーンの隙間から戸惑う母親の顔が見えた瞬間、冷水を浴びせられたように目が覚めた。私の薄っぺらい「善意」が人を刺している現場を目の当たりにした。私がメルヘンを突き放していれば、ここまで被害額は膨らまず、両親を悲しませずに済んだのだ。自分が損して終わるだけならよかった。シェパードの散歩みたいに「阿呆だなあ」と笑えるラインは、とっくに越えてしまっていたのだ。

両親が顔をしかめながら私とメルヘンが交わしたDMを黙読しているあいだは針のむしろに座る思いだった。本物のお母さんに「お母さんごっこ」を読まれるという、この上ない恥辱。私はただ恥を晒すために伺ったようなものである。

両親は「私たちがお金を立て替えてもあの子のためにはならない。警察に行ってほしい」とまで言ってくれたが最終的には息子と返済方法を話し合うことを約束し、書面にサインしてくれた。

帰り際、ピンと張っていた糸が緩んだのか、母親が打ち明けてくれた。

インターホンに映る私たちを見たとき、その筋の借金の取り立てだと思ったらしい。過去にも両親が息子の借金を肩代わりしたことがあり、その当時の不安がよぎったという。強面の男ふたりに坊主頭。実際は腰が低くて優しい人たちなのだが、確かに身構える。しかし、後ろに気の弱そうな中年女が交ざっていたのでドアを開けてくれたらしい。私が役に立ったのは、その場面だけである。そんな話で笑いがこぼれ、ようやく空気が和んだ。


両親は息子が発行した本を見せ、「私たちにはよくわからないんですけど、これっておもしろいんですか?」と、真っ直ぐな目で問うた。我が子の力を過剰に評価しない正直な親だと思う。

「ノートの字を間違えるでしょ、そうしたらあの子、もう嫌になって新しいのを買っちゃうんです。そういう子でした」

淡々と語りながらも、どこか悔いているような母親の表情が忘れられない。彼はノートを買い換えるように、私たちのかわりになる誰かを探すのだろうか。願わくは、今回の「突撃」が、それを止める最後の砦になってほしい。

日当たりの良いリビングに、仲が良かったころの家族写真が何枚も飾られていた。毛並みの良い猫が私たちの足にふわふわの尻尾を絡ませて歩く。まだ何も知らない写真の中の家族と、私たちにお腹を見せて無邪気に転がる猫。あの空間で彼らだけは幸せそうだった。

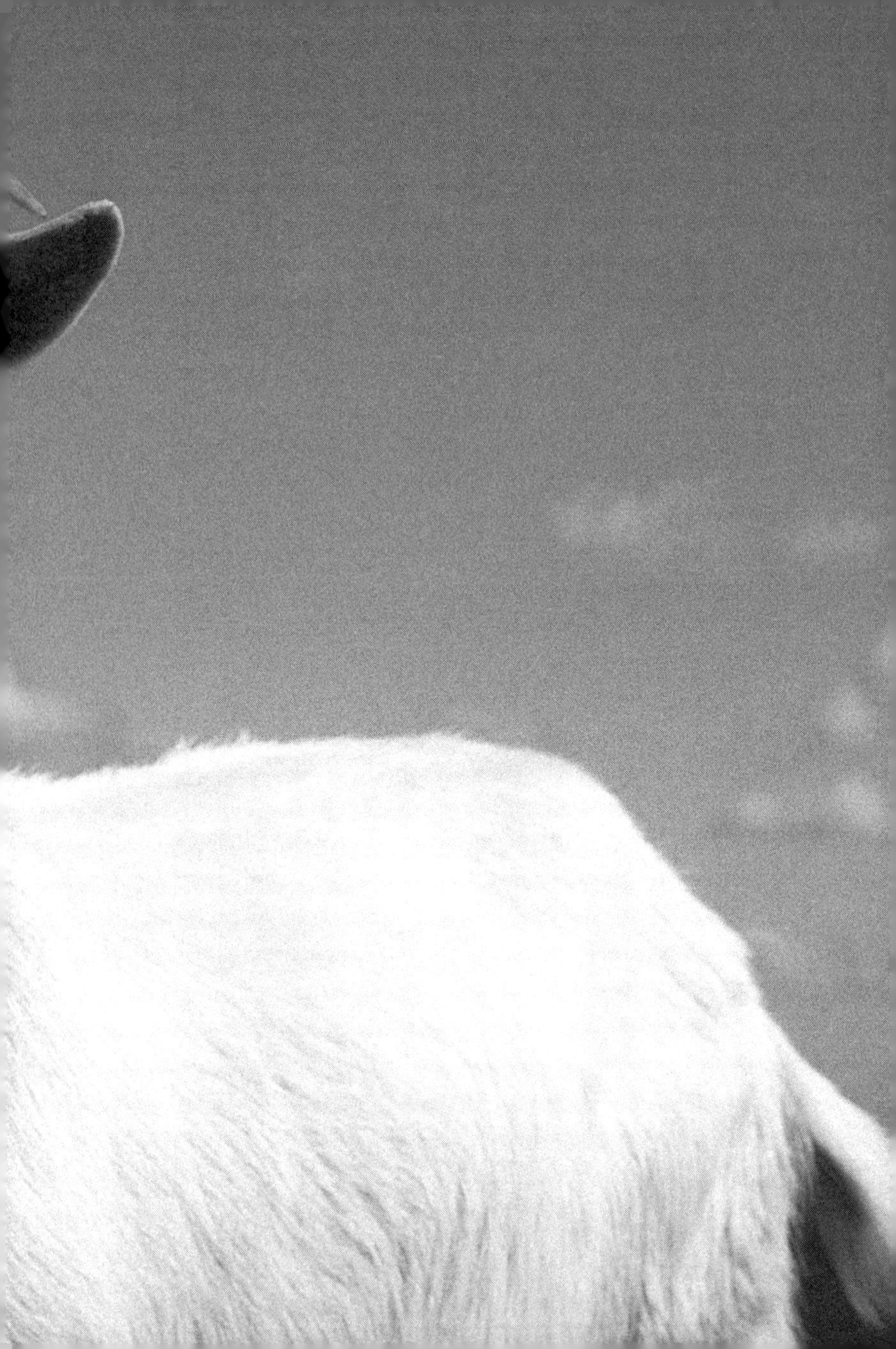

ネット大喜利という救い

教職に就いて五年、現場で心身を消耗し切った私は家に引きこもるようになった。目的を見失い、自分を責める感情に支配される日々。テレビを観て笑うこともなくなった。

そうして、日がな一日パソコンの前に座り、インターネットの海を彷徨っているうちに偶然漂着したのが「ネット大喜利」のサイトだった。まさかこの日から十年以上もやり続けるなんて思わなかった。

最初に登録したのは一対一の対戦型だった。街なかにある将棋や囲碁の対戦場のように、そこでは常に何十組もの試合が行われていた。

対戦者を募集している人がいたので適当にハンドルネームをつけて入室してみた。

すると、さっそく一問目のお題が表示される。「ボケ」の投稿まで数日あった。空っぽだった頭の中に突如降りてきた大喜利のお題。その瞬間から、夕飯の買い出しに行くときも、味噌汁の出汁を漉しているときも、バスタブを洗っているときも、眠りに就く前の布団の中でも大喜利のことばかり考えるようになった。生活自体は何も変わらないのに脳内がめまぐるしく動き、満たされていた。

制限時間ぎりぎりまで考え、指先を震わせながら投稿。あとは、どちらが面白いか他の参加者が投票する仕組みだ。結果が出るまで落ち着かなかった。何かを楽しみにそわそわ待つなんて、いつ以来だろう。もう結果が出たか。まだか。数分おきにサイトを覗いた。

私は初めての対戦に勝っていた。「面白い」とコメントまで付いていた。実生活でそんな褒め言葉をもらったことはなかった。そうか、ネットならば、文章ならば、私も人を笑わせることができるのかもしれない。それは大きな発見だった。

一口に大喜利といっても様々なサイトがあった。数百人が一斉に投稿して面白さの順位を競うもの、イベント形式の勝ち抜き戦、数人でボケを相談し合うチーム戦。私はすぐその世界にのめり込み、いくつもの大喜利サイトに登録して渡り歩くようになった。何年も続けるうちに自然とネット上の大喜利仲間が増えていった。

ほどほどでやめておけばいいのに、私は調子に乗りやすい。大喜利のネットラジオに参加したり、地元の仲間と朝まで飲み明かしたり、最終的には都内で大規模な大喜利のオフ会を主催した。「ここまで来たらとことんやってしまえ」と突っ走る、私の悪い癖が出た。

三十数人が蒲田の居酒屋に集まった。大学生、フリーター、会社員、自営業、銀行員、漫画家など、年齢も職業もバラバラだけど、「あの大会の、あの人のボケは最高だった」なんて話題になると、肩書きは取っ払われ、一様に「投稿者」の顔になった。

しかし、ネットから飛び出して交流を持つようになると、新たな悩みが生まれた。一圧倒的に男性の多い世界だったせいか、女というだけで容姿をとやかく言われた。一部の人から、顔に点数を付けられたり、「あんたは中の下だ」などと、からかわれたりすることもあった。私の最も触れてほしくない部分だった。急に現実を突き付けられた気がした。

投稿の世界には性別も年齢も外見も職業も関係ないと思っていた。ただ面白いことを書いた人が称えられる。私は、そのシンプルで平等な世界が好きだったのだ。浮かれていた私が愚かだった。欲を出して、のこのこ人前に出るんじゃなかった。

もう信用できる人にしか会うまい。私は元来の人間不信に戻った。

悔しい。こんなことで落ち込みたくない。馬鹿にされたまま人生を終えるなんて堪らない。

面白いものを書きたい。その熱はネット大喜利から、ブログへと移った。「ぶっ殺してやる」と憤っていたにもかかわらず、存外ほんわかとした家族や仕事の話が書き上がった。不思議なことに、書いているうちに怒りなんてどうでもよくなるのだ。淡々と続けるうちに、書くことに夢中になった。大喜利の仲間がたびたびコメントをくれるようになった。

頑なだった人間不信も、いつしか解けていた。あの独りの時間は無駄じゃなかった。いや、無駄じゃなかったと思いたくて書いていたのだと思う。

そんな活動が高じて、二〇一四年「文学フリマ」という同人誌即売会に参加した。このとき発行した合同誌『なし水』の三人はネット大喜利のつながりだ。

乗代雄介さんはその翌年に群像新人文学賞を受賞し、純文学の小説家としてまっすぐ我が道を進んでいる。爪切男さんは自伝的エッセイがドラマ化、週刊誌に連載を持つ傍ら、トークイベントにも多数出演。そして、個人的に一番お世話になっている相手、たかたけしさんは漫画家として連載デビューを摑み取り、二〇一九年、念願の単行本も出した。

二〇一九年九月に対談させてもらった「レンタルなんもしない人」という活動をする彼もネット大喜利で知り合ったひとりだ。学校にも職場にも溶け込めず、なんもできない。ならばいっそ「なんもしない」自分を貸し出そうと呼び掛けたところ依頼が殺到。ドキュメンタリーとして取り上げられたり、ドラマ化されたりと、すっかり話題の人となった。

対談の中で、共通していたのは「当時の大喜利仲間からどう思われているのだろう」という気恥ずかしさだった。いまの自分はスベってないか。大丈夫か。告知ばかりして、つまらない人間に成り下がっていないか。大衆の意見よりも、かつての投稿仲間の目が気になってしまう。そんな苦い心の内を語る間柄になれたことは幸せなのだと思った。

他にもネット大喜利の世界から、お笑い芸人、テレビやラジオの構成作家、演劇、同人誌など「創る」世界で活動する人、フリップを手に大喜利ライブに出演する人も多い。かつての仲間がそれぞれの仕事や家庭や子育てに奔走しているのをパソコンの画面越しに見ると、私も頑張ろうと励まされる。

現在、私は大喜利からすっかり離れてしまったけれど、応援してくれる人は全国各地にいる。私の一冊目の本が発売された際、「近所の書店にサイン色紙を渡したいんだけど」と突然連絡をくれたのは宮崎の大喜利仲間だった。本が平積みされていたのを我が事のように喜んでくれた。

また、その本が「Ｙａｈｏｏ！検索大賞」の小説部門賞に選ばれたときのこと。表彰式の会場に近い新橋駅前に宿を取った私は、とあるスナックに担当編集者と訪れた。そこのマスターは私が入り浸っていた大喜利サイトの管理人だった。私のブログ『塩で揉む』の名付け親でもある。そんな恩人と初めて対面し、これまでの感謝の気持ちを伝えることができた。

まだまだいる。鴨川沿いを一緒にサイクリングしてくれた人、同じ誕生日が縁となり毎年メッセージを送り合う人、十数年前から「いちばんのファンです」と宣言してくれた女の子、大阪で飲み会を開いてくれた人、手術のあとお見舞いに来てくれた人、不治の病と闘いながらＳＮＳ上で「生きてます」と生存のメッセージを発信し続ける人、詐欺師にお金を振り込んで落ち込んでいた私を励ましてくれた人、エッセイの感想を書いてくれる人。

何気なく始めた大喜利が生活の一部になり、さらにはネットを超えたつながりになった。

そして、大喜利から離れてもなお、交流が続いている。自分の人生にずっと存在しなかった「友人」という言葉を私はようやく使えるようになった。

取材を受けたり、原稿を依頼されたりするようになったけれど、やっぱり私はただの山奥の主婦に変わりない。取り巻く環境は変わっても、かつての仲間と話していると、投稿の成績に一喜一憂していたころの自分に戻れる。

エッセイの連載を始めて気付いたことがある。担当編集者の「次号のネタ出しお願いします」という一言に懐かしさを覚えたのだ。

同じやりとりを大喜利のチーム戦でもおこなっていた。掲示板を利用して各々のネタを出し合い、「これを投稿しよう」「ここを変えたらもっと面白くなるんじゃない?」などと明け方まで熱心に相談していたのだ。

これからは担当編集者と大喜利のチームを組んでいると思えばいいんだ。

そう考えたら、原稿に書き込まれた「ここをもっと詳しく」「何かに喩えて」「描写を入れましょう」という赤字の数々も楽しく思えるようになった。

一緒にもっといいものを作りたい。面白いと言われたい。

いま私の欲はすべてそこに注がれている。

窓の外が白みかける午前四時。まだ原稿が終わらない。

不安に襲われそうになったら思い出す。人を笑わせることで頭がいっぱいの人たちに認められたのだから大丈夫。何とかなる。書ける、書ける。

猫がくれた石

猫を飼っている。今年で十七歳。人間でいうと八十代半ばのおばあさんだ。

習い事仲間や病院で相部屋になった人たちに何気なくそんな話をすると「ペットも大事な家族の一員ですもんね」と言われる。会話の流れをぶち切るほどでもないから「そうですね」と頷くけれど、実のところ私は納得していない。

猫は家族じゃない。私にとって猫は猫だ。

あれは丸くてふわふわしていて、一日の大半を寝ているだけの生き物。外で美味しいものをご馳走になっているときも、あれの丸みが頭にちらつき「早く家に帰らなきゃ」と気持ちがはやる。

あれは私の言うことを何ひとつ聞いてくれない。そのくせ欲深く、私の皮膚や頭皮にぎゅうっと爪を食い込ませ、願いが叶うまで要求する。こだわりが強い。「いま食べたいのは、『モンプチまぐろのしらす添え』じゃない」と、そっぽを向く。ドーム型のトイレの前までいざない「クソをしたから速やかに片付けたまえ」と命令する。パソコンのキーボードの上を歩いてデータを消す。口がちょっと生臭い。

数え上げたらきりがないが、この十七年、猫に何をされても嫌じゃなかった。

家族とは別の、もっと特別な地位に君臨するのだ。

その一点に妙なこだわりを持つ私だが、一度だけ心を翻したことがある。

私が情報誌のライターとして慌しく動き回っていたころだった。夫婦そろって帰りが遅く、どちらも夕飯の支度に手が回らない。近所に飲食店も少ない。コンビニで弁当を買って帰る日が続く中、夜でも営業している宅配専門の店があると知った。そば、うどん、とんかつ、寿司と和食を中心としたメニューを自宅まで届けてくれる。週に何度か利用するうちに、配達のお兄さんと玄関先で軽く世間話をするくらい顔なじみになった。

ある日、お兄さんが言った。

「家族の誕生日を登録すると誕生月に割引券がもらえるんですよ」

「じゃあ夫と私の分を書いておきますね」

「お子さんがいたらどうぞ書いてください」

「うち猫しかいないんですよ」

「じゃあ猫の誕生日も書いちゃいましょう」

「えっ、猫もいいんですか?」

「大丈夫じゃないっすか。店長こまかくチェックしないし」

彼は事も無げに答えた。

しかし、このとき気付いた。私は猫の誕生日を知らない、と。

結婚して数年目のまだ雪の残る春先、路上でずぶ濡れになって鳴いているキジトラ模様の子猫を連れて帰ってきたのだ。行き交う車の雪解け水を浴びたのか、全身を震わせていた。親猫とはぐれたらしく、骨が浮くほど痩せていた。

このままでは死んでしまう。タオルにくるんで温め、その日からうちの猫になった。

あれは三月の半ばだったろうか。

当時を懐かしく思い返しながら「三月十五日」と記入した。

さらにもうひとつ困ったことがあった。猫の名前である。

当初この猫にも「よし子」という、ちゃんとした名前があった。野性味あふれ、誰にでも咬み付く凶暴な様が私の母そっくりだったので、その名を拝借したのだ。

でも、この名前は夫婦間でいまひとつ定着せず、結局「猫」や「にゃんこ」と呼ぶようになった。

お兄さんはその場のノリで「猫もいっちゃえ」なんて言うけれど、さすがに「にゃんこ」はまずい。店長に怒られる。

私は少し考えて「〇〇ミイ子」とフルネームで書いた。これならどうだ。年老いた祖母と同居する献身的な孫みたいでいいじゃないか。

そんなやりとりをすっかり忘れていたころ、ポストに五百円の割引券が入っていた。「ミイ子様、お誕生日おめでとうございます」というメッセージとともに。

あのとき私は五百円に目がくらんで猫を「家族」にしたのだった。

猫との十七年間は、私たち夫婦の闘病の年月でもある。

子猫を拾ったその年の夏、私は朝目が覚めると身体が全く動かなくなった。敷布団に最強のボンドで手足を貼り付けられているみたいに、自分の意思ではどうすることもできなかった。

不思議なことに、いつも二時間くらいぼうっと待っていると動けるようになった。私はこれを「自然解凍」と呼んでいた。冷凍庫に保存していた、かちんこちんの鶏のむね肉を常温で戻すように、ただ静かに待つのだ。氷が解けても手足の指、手首や膝と、あちこちの関節が腫れてぎこちない。けれども動けないことはなかった。

というよりも、私には動き出さなければいけない理由があった。

当時、夫が奇病に罹って入院していたのだ。些細な脚の外傷がきっかけで血液の循環が悪くなり、突然倒れた。そして、病名不明のまま車椅子の生活になった。これといった治療法が見つからないまま「最悪の場合、足を切断しなければいけない」と医師に宣告され、夫はベッドの上で痛みをこらえる毎日だった。

同時期に謎の病に侵されるなんて、私たち呪われちゃったんだろうか。片足を失うかもしれない夫に比べたら、私の痛みは軽い。自分の調子が良くなる午後を待ち、落としたてのコーヒーをボトルに注いで毎日病室に向かった。そばにいても私にできることは限られていた。車椅子を押して洗面所に連れて行き、髪を洗ってやる。洗面器にお湯を張ってタオルを絞り、全身を拭く。夕飯が運ばれてくる時刻になると、私は病院の向かいにある小さな弁当屋へ行く。ひとつ注文し、色の薄い病院食を食べる夫の横で、これみよがしに広げる。たまに、からあげやコロッケを分けてあげる。日がすっかり暮れたころ、洗濯物の入ったバッグを提げて家路を急ぐ。

このまま寝たきりの生活が続いたらどうしよう。
血のめぐりの悪くなった足が腐ってしまうんじゃないか。

不安を抱えてアパートの真っ暗な部屋に戻ると、お腹を空かせた子猫がミイミイと足元にまとわりついてくる。器に缶詰のウェットフードを入れ、ひとりぼっちにしてごめんよと小さな頭を撫でる。余程寂しい思いをしていたのか、腹が満たされると片時も膝の上から離れようとしなかった。

あのとき部屋に猫がいなかったら、私は病室からまとってきた何層もの憂いに押し潰されていただろう。猫は何もしてくれないけれど、私を必要としてくれた。

その後、夫は専門医のいる病院に転院し、奇跡的に回復。ひとりで歩けるようになり、三ヶ月ぶりに帰ってきた。

ところが、夫と入れ替わるように今度は私の身体が本格的に悪くなった。朝だけでなく、一日じゅう手に力が入らなくなった。夫の入院中は「しっかりしなきゃ」と気を張っていたが、一安心したら疲れと痛みが一気に押し寄せてきた。

病名がわかるまで病院を転々とし、信用できる医師のもとで治療が始まったのは症状が出てから半年ほど経っていた。

あれから十七年。私の病はゆっくりと進行しているが、指が変な角度に曲がったり、首にネジが埋め込まれたりするくらいで済んでいる。夫の奇病も完治は難しいけれど薬を飲んでいれば生活に支障はない。

老いてゆく猫に自分の身に起きた数々を重ねる。猫を迎え入れてから波乱万丈だ。

思い返せば子供のころから暮らしの中に猫がいた。

現在のように家の中で飼うことは許されず、近所をうろつく野良猫に給食で残した牛乳やコッペパンを与えていた。

集落には畑や牧場が広がっており、「近所」の概念が数百メートル規模だった。野良猫の一匹や二匹を手なずけたところで誰かの迷惑になるなんて小学生の時分には考えもしなかった。

半年も経つと雌猫が出産し、我が家にぞろぞろと六匹の子猫を引き連れてきた。母猫はキジトラ模様だったが、子は白黒、ぶち、白地にトラ模様とそれぞれ違った。

警戒心のない小さな命の塊を胸に抱えてみた。小刻みに震える厚みのない身体から、心臓の音がどくどくと指先に伝わってきた。

ある日、庭を駆け回る姿を眺めていると、畑仕事から戻った祖母が「一匹だけ選びなさい」と言った。意味がわからなかった。

家の中で飼うことを許してくれるのだろうか。両親は猫を毛嫌いしているから猛反対するけれど、祖母の部屋でなら飼えるかもしれない。

私はじっくり時間をかけて考え、「あの白黒の子がいい」と言った。

翌日学校から帰ってくると、いつも庭にいる猫たちの姿がなかった。

給食の牛乳を持って畑のほうを捜す。ニンジンを間引きしている祖母に訊いた。

「猫こっちに来なかった?」

「来ないねえ」

発育のよくないニンジンを畑の隅に放りながら祖母は言った。

何日待っても猫の姿は見当たらない。もっと餌をくれる家を見つけたのだろうか。

野良猫なんかに興味のない父に訊いてもわからないだろう。そう思いながらも確かめずにいられなかった。

「お父さん、猫がいなくなっちゃったんだけど」

「この前、ばあさんに頼まれて山に捨てて来たぞ。畑の土を勝手にほじくり返して野菜を駄目にするんだとよ」

「えっ、子猫もみんな?」

「ばあさんが一匹残しておいてやれって言うから、それだけは逃がしてやった」

あまりの衝撃に言葉が出なかった。

なんでもないことのように話す父にも、とぼけ通した祖母にも、そして知らぬ間に命を選別していた私にも。

その山には食べるものがあるだろうか。母と子だけで生きていけるだろうか。ひとりぼっちになった白黒の子はみんなを捜してどこかで鳴いているんじゃないか。だけど父と祖母には何も言えなかった。私が餌をあげたり家に連れて来たりしたから猫をかわいそうな目に遭わせてしまったのだ。

いつまで待っても白黒の子猫は現れなかった。祖母の間引いたニンジンが畑の隅で小さな山を作っていた。私たち姉妹にいつも優しい祖母がニンジンを引き抜くように猫の命を扱ったことが悲しかった。誰にも打ち明けられない後悔が大きな石となって胸の奥底に沈んだ。

ふと思う。路上の子猫を連れて帰ったのは、大人になってもその石が居座り続けたせいかもしれない。この猫を大事にすることで赦されたい。そんな疚しい思いもどこかにあった。

子供のころから犬を飼い、「猫はずる賢いから大嫌い」と言っていた夫に最近訊いた。

「猫のこと好きになった？」

「猫はいまでも嫌い。良さがわかんない。でもうちの猫だけは好きだよ」

それで充分だ。

転げ落ちた先も悪くない

母方の親族は物怖じしない人ばかり。大勢の前でスピーチをしたり、歌ったりするのが大好きで、誰よりも前に出たがる。一方、口数が少なく、知り合いを見かけると慌てて物陰に隠れるような子供だった私は、「このままじゃ、あんたの人生お先真っ暗だよ」と彼らに脅されていた。おとなしいのは暗いということなのか。「喋らない」けれど「暗くはない」。せめてそうなれたらいいのに。あまりにも暗い暗いと言われるので、小学生のころからそんなことをよく考えていた。

やがて私はひとつの結論に至る。言葉で言い表せなくても気持ちさえ後ろ向きにならなければいい。悪いことが起きたら挽回することだけ考えよう。下を向いたまま終わるなんて嫌だ。やられたら機会をじっと窺って絶対にやり返したい。最終的に良い思い出を作って上書きしたい。どんな悲惨な境遇に置かれても笑えるような面白いことを探したい。いつしか、喋らないくせに内面だけやたら血気盛んな人間になっていた。

私のことを一番よく知る夫からは「失敗を良いように言うんじゃないよ」と諫められる。令和二年が明けて早々その一発目が発生した。

温泉宿の予約先を間違えてしまったのだ。その遠方にある老舗温泉宿に泊まるのを夫は心待ちにしていた。宿のサイトを隅々まで眺めては「あと何日」とカウントダウンして年末の仕事をやり抜いたのだ。もちろん私もわくわくしていた。カレンダーの日付の下に温泉マークとハサミを振り上げる蟹の絵を描き込むくらい舞い上がっていた。

湖に面した大きなホテルだった。広々としたロビーの一角にステージが設けられ、琴が並んでいる。生演奏を聴けるのかもしれない。私はお正月の華やかな色に染まった生け花や装飾をカメラに収めることに夢中になった。

やがて、チェックインの手続きをする夫に呼ばれた。

「予約名簿に名前がないんだって」と青ざめている。

いや、そんなはずはない。私は予約完了のメールを受け取っている。

「大丈夫、ちゃんとあります。ほら」

スマホの画面を印籠のようにバーンとスタッフに見せると、顔を寄せた彼らが「あっ」と声を上げた。

「お客様が予約されたホテルはこの先の道を曲がったところにあります」

女将が苦笑いで教えてくれた。

「ここじゃないんですか」

「もうちょっと山の上ですね」

「お茶まで出していただいたのにすみませんでした」

私たちは無言のまま、そそくさと荷物を抱えて車に戻った。

やらかした私が言う台詞ではないが、こんな結末を誰が予測しただろう。


雪に覆われた山道を行くと簡素なホテルがぽつんと建っていた。

「ここかあ」夫の落胆ぶりは言うまでもない。

「さっきと豪華さが全然違うね」努めて明るく言う。もう馬鹿になるしかない。

「こんなミスばかりしてよくこの歳まで生きてこられたな。逆に感心するよ」

こざっぱりしたロビー。客の気配はない。館内の案内も簡単だ。迷うことなく大浴場に行ける。温泉もあるし蟹料理も出るけれど、夫の待ち望んでいたそれとは大きく違うだろう。客室にはベッドが二つ、窮屈そうに並んでいた。温泉宿の風情はない。

ビジネスホテルのよう。

さて、ここからどう巻き返そう。館内設備のパンフレットに目をやると「漫画、ゲーム機貸し出します」と書いてある。私はすっかり瞳の光を失った夫を引っ張り、漫画コーナーに連れて行った。本棚には新旧の名作が並んでいた。

「思ったよりたくさんあるね。コーヒーも無料だね。嬉しいね」

声を張れば張るほど、がらんとした空間に虚しく響く。

「そんなこと言っても俺は騙されないからね。この代償は大きいよ」

とは言いつつ、その手にはしっかり『ゴールデンカムイ』の最新刊とコーヒーをたっぷり注いだ紙コップを確認。よし、良い滑り出しだ。その足でフロントへ行き、ファミコンの本体を借りた。初期のころのゲームが三十タイトル内蔵されているらしい。

「あっちの宿にはこんなサービス絶対ないよ。小さいホテルは小さいなりに工夫してるんだね。ファミコンできるなんて楽しいねえ」

「ぜんっぜん楽しくない」

何を言われても挽回するのだ。言い続けていたらきっと楽しくなる。決して夫の機嫌を取るためだけではない。老舗の宿に泊まれなかったことを悔やんだまま終わるなんて勿体ない。「馬鹿」のスイッチは自分のためでもある。

画面に『スーパーマリオブラザーズ』や『パックマン』といった懐かしいキャラクターが現れると夫が身を乗り出した。私からコントローラーを奪い、「小学生のとき以来だな」「ああ、これ昔よくやった」と独り言を言いながら片っ端からスタートボタンを押していく。

ゲームに疎い私でも唯一できるものがあった。敵の攻撃をかわして、ひたすらミサイルを撃つ『ギャラガ』だ。実は小学生のころ、親に隠れて夜中にこっそり起きてやるくらいハマっていたのだ。

「どっちが高得点を取れるか勝負しよう」

途中で食事を挟み、深夜三時まで対決を続けた。同じ階に宿泊者の気配がないことも幸いし「ぶっ殺す」「死ねえええ」「ちくしょう」と絶叫、連打。中年夫婦のやることではない。

「そんな汚い言葉を使うんじゃないよ」と夫は汗まみれで笑った。徹夜をしたら帰りの運転ができない。名残惜しく思いながら部屋の明かりを消した。

私たちは夏と冬に温泉宿を目指すが、こんなに大騒ぎした旅はこれまでにない。

「本当に楽しかったね、最高の宿だ」お世辞抜きにそう思った。

「まあ楽しかったことにしてやるか」と夫も言う。

帰り道、泊まり損ねた老舗の宿を眺め、「また次来ればいいだけだよな」と彼は言った。些細なことから重大事案まで、私はとにかく失敗が多い。そのたびに平謝りしたり、道化に徹したりする。何とかなってきたのはその都度相手が寛大だったからだ。それを心に留めておこうと思った。

失敗を都合よく上書きする癖は恐ろしい。私は一年ほど前、相手の嘘を鵜呑みにして四十数万円を振り込んでしまった。自分の過ちが招いた「詐欺事件」すら、今では「そんなことって実際にあるんですね」と他人事のように話してしまう。

あの時は、嘘をついた本人に返済能力がないことがわかり、「お金はもう戻ってこないだろう」と諦めていたが、知人らが動いてくれたおかげで、のちに全額無事に戻ってきた。

彼らは私とともに詐欺師の実家を突撃訪問し、お金を立て替えるよう両親を説得してくれたのだ。

その際、詐欺師の母親は私に念を押した。

「うちの息子だけでなく、もう誰にもお金を貸したりしないでくださいね」

「はい、わかりました」

いつの間にか私は諭される側にいた。

半年後、手元に戻ってきた全額を災害に遭った方への義援金として送った。詐欺に遭っていなかったら、そこまで思い切れなかった。もう戻ってこないと一度は手を離れたお金。自分のお金だけど自分のものではないような、ふわふわした存在だった。

詐欺師の母親との約束が一瞬頭をよぎったけれど、今度は貸し借りではない。恥ずかしく情けない思い出を上書きしてしまいたかった。誰かのためというより自分のためだ。こんなことを考える私は浅ましく、やはりどこまでも馬鹿なのだろう。

今となっては詐欺師にさえも感謝の思いを抱いている。寄付のきっかけを与えてくれてありがとう。人を安易に信じちゃいけないと身をもって教えてくれてありがとう。皮肉抜きにそんな気持ちが芽生えている。

この調子だから私はきっとまた騙される。自覚しているくらいだから、周囲も私の危なっかしさを心配している。定期的に「また変な人にお金送ってないよね」と確認してくれる人がいる。会うたび「知らない人に連絡先を教えちゃ駄目だよ」とお母さんのように注意してくれる人もいる。田舎に住むおばあさんへの声掛け運動みたいになってきた。

私にお金を持たせるな。通帳や印鑑も預けてはいけない。周囲が目を光らせているので私を狙わないほうがいい。私は愚かだから、すべてをエッセイに書いてしまう。

私もあなたも恥をかくことになります。共倒れです。どうか誰も私を騙さないでください。

つい病気じみたことを書いてしまった。昨春から鬱病である。現在も「意欲を高めるお薬」を飲んでいる。状態は一進一退。「風が気持ちいい。今なら何でもできそう」と微笑みながら近所をランニングしたかと思えば、その翌日に夕方まで寝込んでいたりする。大丈夫だろうか。ちょっとしたやばい人間になっていないか。

感情の起伏も激しくなった。こんな状態で誰かに会ったら、きっと酷いことを言ってしまう。次第に人との約束を避けるようになった。

だけど、最近思う。自分が自分じゃなくなるってそんなに悪いことだろうか。私のような意思表示の足りない人間は、これを機に変わればいいのではないか。

昨年は初めての経験が多かった。同人誌仲間に誘ってもらいNHKホールでceroの公演を初めて観て、激しく胸を揺さぶられた。空間のすべてが夢のように美しかった。なぜ地元でチケットが取れないくらいで諦めていたのだろう。東京でも大阪でも行けばいいのだ。そんな簡単なことに気付かなかった。

SEKAI NO OWARIのさいたまスーパーアリーナ公演に招いていただいた。以前なら「私みたいな者が聴きに行っていいのか」と尻込みしたと思う。でも、そのときは鬱のおかげで感情のおもむくまま決断できた。行きたいんだから行けばいい。遠くたって構わない。アンコール曲の『銀河街の悪夢』は拭っても拭っても涙が止まらなかった。精神を病んだ当事者の葛藤と「同志」に寄り添う歌詞だった。この楽曲が深く沁み込む心の状態で聴けるなんて、幸せなことじゃないか。

その夏、竹原ピストルさんのライブにも足を運んだ。小さな会場に熱気が立ち込めていた。すぐ目の前で、怒鳴るように、静かに泣くように、時に祈るように歌っている。私は胸の前で両手を強く握り、すべてを記憶しておこうと思った。

こんなに立て続けに生歌を聴きに行くのは初めてだった。鬱病に背中を押された。くすぶっている今の自分を変えたい。変わりたい。その衝動が初めての場所へと向かわせた。

情緒不安定でおかしくなっている時期にしか見えないものや書けないものがあるはずだ。だから私はそれほど落胆していない。なんだ、治っちゃったみたいだ。もっと暴れておけばよかった。いつかそう言ってやる。

探検は続く

今年はずいぶん雪が少ないね、やっぱり腰の高さくらい積もってくれなきゃ冬って感じがしないね、季節がひとつ減った気分だ、などと雪国育ちの余裕をかましていたら、三月の初めに時期はずれの大雪が降った。どかっと来た。ふきのとうの芽吹き始めた野原は一晩で雪原に変わった。朝の出勤時には除雪車が隅々まで動いているけれど、その日は雪を押し上げる地響きが聞こえなかった。大型車でも太刀打ちできない量が一度に降ったらしい。窓を叩きつけるほどの激しい風が辺り一面の雪を巻き上げ、光を遮る。雪に覆われた車は大きなかまくらのようにこんもりと盛り上がり、動かすことができない。

「雪かきする時間はないから、このまま歩いて行くよ」

夫は胸の高さほどの白い壁を搔き分け、ずんずんと職場へ向かって行った。書類の入った肩掛け鞄が雪に埋もれぬよう、頭上に掲げて進む。それは誰もいない雪原を泳いでいるような幻想的な眺めだった。さながら密書を託された遠泳のよう。

大変だなあと思う一方で、とんでもなくわくわくしていることに気が付いた。子供のころは現在よりも雪深い集落に住んでいた。ひと冬に何度も吹雪で臨時休校になった。雪はいつでも嬉しかったが、晩秋の灰色の空から降る初雪がいちばん興奮する。授業中、誰かが「雪だ」と言うと、みんな窓の外に釘付けになり、教師の話など耳に入らない。チャイムが鳴ると一斉にグラウンドに飛び出す。これから春先まで飽きるほど目にするのに体が黙っていられない。

大雪で小学校が休みになると三つ下の妹を子分のように引き連れて探検に出掛けた。家の裏手にある、氷の厚く張った川を渡る。雪山を足がかりにして、背の高い胡桃の樹によじ登る。屋根にも簡単に手が届く。軒先の大きなつららを果実をもぐような手つきで慎重に「収穫」していく。たまに舐める。武器にして戦う。飽きたらその辺に捨てる。いつもより高い視点から眺める真っ白な世界。どこにでも行ける気がした。

春になると雪解け水が流れる大きな水路は、「探検家」として外せないルートだった。地下二メートルほど。はしごを使って降りる。ところどころトンネル状になっていて薄暗い。その水も夏には干上がり、コウモリの棲みかになっていたので、私たちは「洞窟」と呼んでいた。

運が良ければ野鳥や小動物の骨が転がっている。そのたびに私は「見ろ、ここで誰かが死んだんだ」と隊長気取りの台詞を吐き、妹を泣かせた。それらの骨も冬になると雪の下に隠れる。妹はそれをわかっているので安心して付いてくる。だが、私は隊長としての威厳を保つために「ここだよ、前にガイコツを発見したのは」などと言う。油断しきっていた妹が声を上げて泣く。私にはそういうところがある。意地の悪い姉だった。

そんな子供時代を送ってきたので、遠泳の夫を居間の窓から見送ったあと「さて、やるか」と自然に声が出た。「夜まで猛吹雪となります。不要不急の外出を避けて」と注意を促すローカルニュースを消した。台風の日に川を見に行く人間の心理がよくわかる。私はそっち側の人間だ。

新雪に一歩踏み出すと膝まで埋まった。ブーツの隙間から染みる雪の冷たさが懐かしい。そうだった。雪かきなんかしないでズボズボと埋まりながら前進するのが大雪の朝の醍醐味なのだ。

外に出てみたものの行くあてはない。小学生のころは目的なんかいらなかった。

「探検」だから、歩いた先に発見がついてきた。

普段は車で向かう数キロ先のコンビニに歩いて行ってみようか。夜は弁当でいいや。大人になると行き先も現実的だ。

歩道らしき雪山を越えて行く。通行人どころか車が一台も通っていない。ただ激しく雪を舞い上げる風が頬を打つ。息が荒くなる。うまく呼吸できない。喉がからからだ。

こんなとき「隊長」なら「あの屋根の大きなつららを舐めに行くぞ」と指示したはずだ。自然が作ったものを「汚い」なんて思いもしなかった。「隊長」は普通に雪を鷲掴みで食べるし、雨が降ると口を開けて飲んでいた。大人になって奇病を患ったのは過去の行いが関係しているのだろうか。

ようやく辿り着いたコンビニの冷蔵棚は見事に空っぽだった。おにぎりもサンドイッチもプリンもない。道が封鎖されて物流が止まっているらしい。

同じ光景を震災のときにも見た。私はその日も財布を握り締めてこの店に来たのだ。いつ給油できるか目処の立たないガソリンを節約するため、強い日差しに汗を滲ませ、長い坂道をひたすら歩いた。

この辺境の地に引っ越して三年。非常時に私が目指すのはこの店らしい。そう思ったら味気なく見えるコンビニも愛おしくなった。

雪を掻き分けて到達した記念に「白くま」を買った。子供のころのような夢はないが、少し高めのアイスを買うお金はある。たちまち、この雪を制したような気分になった。

春先の雪はすぐに解ける。だから、どんなに積もっても不便なのはほんの少しの間だけ。けれども、この冬突然広がった禍は、四月になっても消える気配がない。

それは辺境の街にもやって来た。何人かが入院した。

非常事態にわくわくしがちな私も身構えた。十年ほど前から肺に空洞があり、そこに変な菌が付着している。担当医から「細菌を殺すお薬」を処方されているが、「しぶといな。まだ居ます。死んでくれません」と言われている。菌に対して言っているのか、それとも私へのわかりやすい悪口なのか時々わからなくなる。

そんなわけで呼吸器系の感染症には日頃から人一倍気を付けるよう言われていた。肺の空洞とか関係なく、精神的な対人不安から真夏でもマスクを着用しているので、夫婦ふたりでしばらく困らない枚数は手元にある。けれども、アルコール消毒液はどの店でも売り切れていた。

「ちょっと前までこの棚にあったのに」と悔しがったのも、件のコンビニだった。たまたま隣で商品を並べていた店員に訊いてみた。年配の女性だった。

「ここにあった消毒液って入る予定ありますか」

「ちょっとわからないですね」

「そうですよね、ありがとうございます」

それはそうだ。ところが、諦めて立ち去ろうとした私に彼女は不思議なことを言った。

「でもね、あそこに行けば売ってくれるよ」

土地勘のない私には馴染みのない名前の店だった。そもそも「売ってくれる」って何だ。容器を持って行くこと。宣伝していないので店の人に声を掛けること。そう彼女は教えてくれた。

いいぞ。闇の取り引きみたいだ。偶然話し掛けた大人しそうな年配女性からの情報というのも、どこか秘密めいていて非常にいい。

帰り道、私は嬉しくてたまらなかった。この話を誰かに教えたかったけれど、そんな相手はこの街にいない。この街どころか、地元にもいなかった。

「明日偵察に行ってみよ。闇市に行くようなわくわく感だな」

「鬱病なのに朝が来るのが待ち遠しい」

そうSNSに投稿した。

友達がいない。でも会話したいわけじゃないから別にいい。ただ放出したい。そんな私にはSNSの人間関係の希薄さが心地いい。

プラスチックの容器はアルコールの保存に向かない、ガラス製のほうがいい、などとコメントをもらい、私は瓶を二つ持って店を訪ねた。

どんな怪しい店なのだろうと警戒したが、対応してくれたのは白衣を着た若い女性だった。店内は清潔で、照明も無駄に明るい。薄暗い路上のテントに座る髭の老人を想像していた私は面食らった。

瓶を渡すと女性は店の奥に入っていった。関係者以外立ち入り禁止と書いてある。そこに髭の老人が待機しているのだろうか。ああ、確かめに行きたい。しばらく待っていると女性が液体を満たした瓶を抱えて戻ってきた。

「こちらで調合しているんですか」

どうしても闇市であってほしい。違法であってくれ。そんな気持ちが溢れて思わず訊いてしまった。

女性の話によると、その店は普段から業務用のタンクで購入した消毒液をスーパーなどに量り売りしており、現在は手に入らなくて困っている個人にも分けるようになったらしい。もちろんここで調合した怪しいものなんかじゃなかった。ただの良い店の、良い人たちじゃん。私は感謝して店をあとにした。

外出自粛の呼び掛けは、辺境の街の飲食業界にも大きな打撃を与えている。「あのラーメン屋も飲み屋も元から潰れそうだったけど、どうなっちゃうんだろ」夫とそんな話をしていた矢先だった。

「すべてのメニュー持ち帰り可能」「鍋持参で割引します」と書かれた地域の飲食店のリストがポストに投函されていた。心配していたラーメン屋や飲み屋も名を連ねていた。これまでやっていなかった持ち帰りや宅配中心の営業に変えたらしい。

その逞しさとスピード感に思わず笑ってしまった。ここはとんでもなく寂れた街だけれど、心はそんなにしょんぼりしていない。開拓者魂が受け継がれている。嘆いている時間があったらできることをやろう。そんな空気が漂っている。

たぶん勉強のできる人や品の良い人は住んでいないし、お金持ちもいない。でも下層の力強さみたいなものを感じる。だから面白くて、この街を嫌いになれない。

一度も入ったことのない潰れそうなラーメン屋に鍋を持って偵察に行ってみるか。「闇市」に次いで、私のやってみたいことがまたひとつ増えた。順番にいろんな怪しげな店にも行ってみよう。怖いもの見たさが止まらない。私の「探検」は、こういう形で続いていくのかもしれない。

夫は夫で冷凍餃子を十二パックも抱えて帰ってきた。飲食店で働く元教え子が嘆いていたので買い取ってきたらしい。具のたっぷり入った大きな餃子だった。「せっかく作ったものを廃棄するくらいなら、安価でも誰かに食べてもらいたい」と肩を落としながら話す元教え子に、ちゃんと定価で買った上で多めに渡してきたという。何でもないことのように報告する夫を見直した。

私たちには子供がいないし、感染拡大で職を失うことも恐らくない。こういうときに、かつての教え子や身のまわりの人と関われたら。そう思いながら花を買ったり、鍋を抱えて怪しいラーメンを手に入れたりする暮らしをしばらく続けるつもりだ。

新年度を迎えた教育現場は混乱が続いている。夫の勤務先もいつ休校になるかわからない。そんな中、夫から「めちゃくちゃダサいマスクを作ってほしい」と奇妙な頼み事をされた。「みんなに笑われるから親の手作りマスクなんて着けたくない」と気にする生徒がいたらしい。なんて胸の躍る注文だろう。親の手作りマスクが霞むくらい、とびきりかっこ悪い品を作ってやろう。私はさっそく布とゴムを買いに出掛けた。

ニラの匂いの充満した部屋で、誰も買わない生地を断つ。まったく、経験ないこと尽くしの春だ。

郷愁の回収

この数年、故郷にある思い出の詰まった場所や働いていた学校などをひとり、ふらっと訪ね歩いている。あの地は今どうなっているのだろう、と急に気になって確かめたくなるのだ。

特に何をするというわけでもなく、ひとしきり記憶の中の風景と答え合わせをする。犬のようにその土地の匂いを嗅ぎ回る。そして満足して帰る。

これが「老い」というものなのか。迫りくる死期を本能的に察知しているのだろうか。その日が来るまで「郷愁の回収」を続けていこうと思っている。

外出自粛が呼び掛けられた五月の初め、うずら海岸を「回収」した。

そんな名前の海岸は存在しない。私が勝手にそう呼んでいる。

教師を辞めてひきこもり状態だった二十代後半、私は二羽のうずらを買った。ホームセンターの入口に植木鉢、灯油タンク、うずら、と脈絡のない並びに惹かれ、飼育ケースの中をせわしなく走り回る十数羽をしばらく観察していた。間近で見るのは初めてだった。

そこにいたのはどれもメスの成鳥。茶褐色でまだら模様。ぷくっと膨らんだ胴体のわりに小さな頭。長めに引いた白いアイライン。レモンケーキのような楕円体の生き物だった。

数日経っても、どこか間の抜けたフォルムが忘れられず「まだあそこにいたら飼おう」と決意。はやる気持ちを抑えて店に向かうと、あの日と変わらず灯油タンクの隣でそれらが鳴いていた。さっそく鳥かごを用意し、部屋の中で飼うことにした。

ネットを開くと、当時からペットとして室内で飼う人が結構いて、彼らは「ウズラー」と呼ばれていた。ウズラーが情報交換し合うサイトが多数あり、私も頻繁に通い始めた。

有り余る時間を見知らぬ人とのツーショットチャットで潰していた私は、ウズラー向けポータルサイトとネット大喜利の投稿、そしてブログ、その三つに時間を費やすようになった。二羽のうずらが我が家に来てから、私の暮らしは健全化の一途をたどる。

あるとき、ベテランのウズラーから砂浴び用の砂を用意したほうがいいとアドバイスされた。体に付いた虫やゴミを落とすほか、ストレス解消になるらしい。

砂と聞いて真っ先に思い付いたのは海だった。当時の家から海岸まで車で二十キロ。田舎で生まれ育った私の距離感覚だと、これは「かなり近い」。車にスコップと黒いポリ袋を積んで出掛けた。自分のためではなく、うずらのためだから悩むことなく外に出られた。もう私はひきこもりじゃない。ひきこもりは晴れた日にスコップを持って海になんか出掛けない。

平日の昼間、陽の光に輝く海を眺めながら防波堤の上を歩き、きれいな砂地を探す。帰りは両手に重たい砂袋を抱えて歩く。一度、海岸をパトロールしている地域のおじいさん数人と遭遇して気まずい思いをした。彼らはアサリやウニの密漁者がいないか浜辺を見回っているという。そこへ重量感のある黒いビニール袋を二つ抱えた女がひとり。一瞬「あっ」と怯えるような顔をしたのも怪しかったのだろう。

「それ何が入ってるの？」

「砂です」

おじいさんたちは「砂だってさ」と顔を見合わせて笑ったあと、役目を全うする口調で「確認させてもらえますか」と言った。袋の結び目を解くと「砂だ」「本当に砂だ」と、ざわめき、再び笑われ、私は解放された。

ちなみに海岸の土砂の持ち帰りは個人レベルであっても原則禁止（自治体による）らしい。また、海辺の砂には虫や不純物がまざっているため、うずらの砂浴びには適さないという。どちらも、最近知った。私は昔から間違えてばかりいたのだ。


そんな思い出の詰まったうずら海岸へ向かった。砂の上に飛び降りたときの感触。干涸びた細くて茶色い海藻から強く漂う磯の匂い。砂地を這うように生えるハマボウフウの肉厚な葉。昔のままの風景だった。

二羽のうずらは毎日一個ずつ卵を産み、部屋を飛び回り、砂の中に潜るようにして羽をばたつかせ、二年ほど生きた。うずらはキジ科、その後ひょんな流れで迎え入れた現在の飼い猫はキジトラ柄。少しだけ縁を感じる。


桜の見ごろを過ぎた五月の半ば、初めて赴任した小学校を「回収」した。

そこは山の中にある小さな小学校。児童も職員も少なかった。校長先生に「何もないところでびっくりしたでしょう」と苦笑いで迎えられたが、自然豊かな土地の暮らしは慣れている。

放課後、ほぼ毎日クラスの子に手を引かれて学校裏の森で遊んだ。その時間がいちばん好きだった。私の授業があまりに下手すぎるため、教頭が教室の後ろで仁王立ちをして監視することが多かったからだ。授業中は気を抜けない。カッと見開いた目を見てしまうと、さらに緊張し、あたふたしてしまう。その空気が伝わるのか、教頭がいる時間は子供たちがかなり気を遣って自ら動いてくれた。

放課後に職員室で「きょうの良くなかったところ」をみっちり指導されていると、子供が何かの理由をつけて私を呼びに来る。これも子供の作戦だったのかもしれない。そういうときは教頭も話を早めに切り上げてくれた。

子供たちと森の中の小川でヒキガエルを捕まえ、教室の水槽や虫かごで十数匹を育てていたのだが、ある朝登校すると全部のフタが開いており一匹残らず消えていた。その日の一時間目、隣のクラスの本棚の裏から数匹が出てきたらしく、女性教諭の悲鳴が聞こえた。

思い返せばよく叱られた一年だった。教頭の授業の監視と長時間のダメ出しは初任者教育の一環だと思っていたが、他校の同期は誰もそんな指導を受けていなかった。

その初任校での記憶の糸をたぐるとき、一緒に思い出すのは当時乗っていた車だ。車がなければ暮らせない地域なのだが、その分野にまったく興味がない。「なんでもいい、乗れればいい」と父に車探しを頼んだら、怪しい店で十五万円の中古の軽自動車を見つけてきた。ちょっといい電動自転車と同じくらいの値段である。

ところどころ錆びた紺色の車体。履き古した靴の中敷きみたいに、元の色がわからない座席やハンドル。極めつけは天井の内側を覆うスポンジ状のシートだった。ある夏の日、運転中に天井のシートが、はらりと剝がれ、私の頭に被さった。暑さで粘着力が限界を迎えたらしい。車に乗ったとき頭の上をまじまじと見たことがなかったのだが、そんなことってありますか。強力な粘着テープで補強するも、数日で再び頭の上に落ちてくる。片手で天井を押さえながら家に帰ることもあった。暑い日には天井が落ちてくる。寒い日にはエンジンがかからない。坂道を上がれない。子供たちはそんな私の怪しい車を面白がっていた。


その学校は数年前に廃校になった。子供たちの声が消えたあの地は今どうなっているのだろう。気になった私は、山へと続く懐かしい道を走った。現在乗っているのは天井が落ちてこないタイプの軽自動車だ。

校舎は当時のまま残されていた。地域の人が手入れをしているのか、芝生がきれいに刈り揃えられている。塗装の剝げた壁。木陰にある駐輪場。児童玄関には子供用の小さな靴箱が並んだまま。職員室の前には秋にたくさんの実をつけるオニグルミの木が葉を茂らせていた。

放課後の居場所だった森へ足を延ばしてみたけれど、薄暗く、ひとりで歩くのは心細い。ヒキガエルのいた小川も見ずに引き返した。そのとき初めて、本当に校区から子供がいなくなってしまったのだと実感した。

昨年の秋、はじめちゃんが待ち伏せていた石炭倉庫を「回収」した。

はじめちゃんは実家の近所に住んでいた七、八歳くらい年上の男の子。私が小学校低学年のころ、彼は中学生だった。

当時はじめちゃんは私の家の隣に建つ石炭倉庫の中で、じっと佇んでいることが多かった。私は下校するとき、その倉庫の前を通る。すると石炭が山積みになった真っ暗なところから、じゃり、じゃり、と炭のかけらを踏む音が聞こえる。「はじめちゃんがいる」と察知すると、全身がこわばる。倉庫を見ないようにして足早に通り過ぎるのだが、いつの間にか背後に気配を感じる。学生服姿のはじめちゃんが影のようにぴたりと付いてくるのだ。

どうして話をしたこともない中学生の男子が年の離れた女の子を追いかけてくるのか当時は理解できなかった。そのまま何事もなく家に帰れる日もあれば、追い越しざまにポンとてのひらで尻を触られる日もあった。なんで？　と驚き、硬直して声が出ない。はじめちゃんは私を追い抜くと必ず振り返って、こちらの様子を窺うのだった。

ただただ薄気味悪かった。でも、親には話せなかった。

はじめちゃんが中学を卒業して遠くの高校に進学するまでそれは続いた。もうそこに彼はいないとわかっている。それなのに中高生になっても学校帰りにその倉庫が視界に入ると、胸がばくばくした。

「はじめちゃんに付きまとわれていた」と母に話すことができたのは、つい数年前だ。はじめちゃんが心を病んで施設に入っていると聞き、いま思い出したんだけど、と、いかにも気にしてない態度を装って言った。

母はかなり衝撃を受け、「そんなことをする人がこの地域にもいたの。あんたは本当に昔から大事なことを何も言わないんだから」と、しばらく思いつめたような表情をしていた。母には「後ろをぴったり黙って付いてきて気持ち悪かった」とだけ話し、尻を触られていたことは言わなかった。言えなかった。もう何十年も前の出来事なのに、その部分を言い淀んだことに自分でも驚いた。


同じく小学校低学年のころ、もうひとつ忌まわしい記憶がある。正月に親戚が大勢集まり、大人たちは麻雀、子供たちは人生ゲームなどをして遊んでいるときに中学生の無口な従兄が人目を盗んで私の下着の中に手を入れてきた。なんでそんな汚いところを触るのか意味がわからなかった。どうしようもなく恥ずかしかったが、「やめて」と言うことも、その場から逃げ出すこともできない。このことも、やはり親に言えなかった。はじめちゃんの時よりも「言ってはいけない」という気持ちが強かった。未だに周りの人にも打ち明けていない。従兄とは今も結婚式や葬儀で顔を合わせるが、向こうは何もなかった顔をしている。

ふたりの行為を、これまで「大したことない」と自分の中で片付けようとしてきたけれど、「はじめちゃんにされたことさえ母に全部話せない」という現実に直面してわかった。それらの体験は思っていたよりもずっと根の深いものだと。私は根本では他人の性欲を嫌悪しており、自分にもそれが存在するということが許せないのだ。

私の実家は転居し、今あの家には知らない人が住んでいる。石炭の需要が減り、はじめちゃんの倉庫も解体された。もうあの暗がりから炭の分身のように飛び出してくる影はないけれど、私の分身は少女の形をしてまだそこに漂っている。こうして書いて、考えることで、いつか成仏させてやりたい。

珍しい苗字の男の子

いつもと違う冬を過ごし、気が付いたら春が終わっていて、もう夏を迎えている。菜の花も桜も紫陽花も世の中のニュースに気を取られているうちに散っていた。花火や地域の祭りもことごとく中止になっている。気持ちは冬で止まっているのに、季節だけどんどん先に進んでゆく。

北の果ての夏は驚くほど短い。八月の半ば、押し入れから扇風機を出す。さすがにお盆の時期は寝苦しい。「おやすみタイマー」にセットし、闇にかすかな羽音を感じながら眠りにつく。けれど、それは二週間ほどで部屋の片隅に追いやられ、九月には朝晩に肌寒さを感じる。北の夏は儚い。だからこそ、むせ返るような花の香りや眩しいほどの緑を五感に記憶させようと必死になる。

田舎には夏の夜特有の匂いがある。

私の生まれ育った集落には街灯があまりなかった。日が沈んだあと頼りになるのは、ぽつりぽつりと灯る民家の明かりだけ。私はそんな真っ暗な世界が好きで、寝る前に外に出て星を眺め、「おじいちゃん明日もお守りください」と墓地のある方角に手を合わせて祈るのが習慣となっていた。子供のころから怪我や病気やアクシデントに見舞われがちだったことを思い返すと、祈りが届いていたとは言えないのだが、安心して眠るために続けていた。

闇は生い茂った草木の発する、つんとした匂いと湿度に包まれていた。息を深く吸い込む。ああ、いつもの夏の匂いだ、と確かめる。


夏の夜の匂いが私の中にしっかり刻み込まれたのは盆踊りの出来事がきっかけだった。集落の広場に紅白のやぐらが建ち、提灯に彩られ、和太鼓が響き渡る晩、いつもは暗く静まり返っている一帯が華やかになる。まるで土地に命が吹き込まれたように。やぐらのまわりを踊るのは大人や小さな子供たちばかり。若者は夜店の続く路上を行ったり来たりする。誰が言い出したのか、当時「異性から盆踊りに誘われる」ことが重要視されていた。娯楽も出会いもない山奥の民にとって、それは自然な成り行きだったのかもしれない。

盆踊り誰と行くの？　盆踊り誘われた？

夏になると集落にそんな言葉が飛び交う。

いまは冷静に「おい、盆踊りだぞ」と苦笑いできるけれど、田舎の思春期は和太鼓のドンツクドンドンツクツクという激しい鼓動とともにあったのだ。

私も例外ではなかった。小学六年生の夏休み、とある男の子から「お土産を渡したいので盆踊りに来てほしい」と電話で誘われたのだ。別のクラスの一度も話をしたことのない男の子。珍しい苗字という印象があるだけで、好きとか嫌いとか意識したこともない。野球部のキャプテンだということは知っている。どんな性格なのかは知らない。その人の容姿が好みかどうかも考えたことがない。わからないことだらけの人だった。

こんな恋愛漫画のようなことが自分の身に起きていいのか。私は単純に「盆踊りに誘われた」という状況そのものに酔っていた。

あの盆踊りだ。男女の社交場だ。一緒に綿あめとかヨーヨーを買うやつだ。

私は完全に舞い上がってしまった。相手が彼でなくとも、同じように喜んでいたかもしれない。

当時、私には特定の「好きな人」はいなかった。大抵いない。これは大人になってからも続く厄介な性質で「私のことを好いてくれる人は好き」なのだ。受け身の化け物。目立たない、美しくもない、ついでにうまく話せない。そんな自分を好きになってくれるなんて、いい人に違いないと思ってしまう。人を好きになるハードルが地面すれすれだ。

地元の盆踊りは三日間おこなわれていた。珍しい苗字の男の子から「何日目の何時、どこで」と具体的な指示はなかった。こちらから電話で尋ねたら済む話だが、そんな勇気を持ち合わせていない私は三日間ずっと会場へ行くことにした。

若者に「携帯電話のない時代ってどうやって待ち合わせたの」と訊かれるが、何とかなることを期待して行くしかない。行って、会えるまでひたすら待つ。会えなかったらそれまでだ。いま思うと、余程の事情がない限り直前の気分で「やっぱ行くのやめた」と手のひらを翻す人は少なかったのではないか。約束を大事にする。約束に縛られる。一概にどちらの時代がいいとは言えない。

盆踊り初日、和太鼓と横笛の音色が響く広場の大きな柏の木の下で私は待った。祖母に頼んで朝顔の柄の浴衣を着せてもらった。同級生の集団が露店の豆電球の下を行き交うたび、木陰にさっと隠れた。二時間待ったが、珍しい苗字の男の子は来なかった。今夜じゃなかったのかもしれない。

二日目も同じ浴衣を着て、同じ木の下で二時間待った。その日も来なかったけれど、虚しくはなかった。そうか、明日だったんだ。それがわかって嬉しかった。約束があるというだけで、こんなにも前向きになれるのだ。

盆踊り最終日。まさかの皆勤。好きかどうかわからない相手になぜここまでするのか。自分でも謎だった。前日同様、祖母に着付けを頼んだところ「今年は急にどうしちゃったんだい。好きな男の子でもできたのかい」とからかわれ、あまりの恥ずかしさに「違う！」と大声で否定し、首元のたるんだお気に入りのスヌーピーのTシャツと半ズボンのまま外に飛び出した。私はこんなにわかりやすい人間だったのだ。

闇の中に町内会の提灯が灯り、会場まで等間隔で連なっていた。民家の壁や倉庫に反響する和太鼓のドンツクドンドンツクツク。早く行かなきゃ。私は急かされるように、スヌーピーと共に仄かな灯りの下を駆け抜けた。

いつもの柏の木の下には行けなかった。地域の会館の窓ガラスにみすぼらしい姿が映った。見渡すと、子供たちに絡む近所の酔っぱらいのおじさんでさえ、もう少しまともな格好をしている。そういえば、この半ズボンいつ洗ったっけ。しわくちゃだ。

何やってるんだろう。帰ろう。

恥ずかしさが一気に込み上げてきた。来ない相手を着飾って二日も待っていたこと、その男の子と仲良くなりたいわけではないこと、会えるかもしれない日に限って会ってはいけない格好をしていること。鼓動を背に感じながら、来たばかりの道を引き返した。

盛り上がる若者たちの声が遠ざかっていく。家に向かう一本道が視界に入ったそのとき、背後から名前を呼ばれた。驚いて振り返ると、そこには電話をくれた男の子ではなく、同じクラスの男子がいた。片足が少し不自由な真野だ。

「これ、あいつから」

ひょこひょこと足を引き摺るようにやってきて、小さな包みをくれた。真野の戻った先に人影があり、ふたりは並んで帰って行った。私は彼らが見えなくなるまで立ち尽くした。

辺りは、たくさんの草木の緑がまざり合い、酸っぱいような、切なくなるような、つんとした匂いが立ち込めていた。

包み紙の中には私の名前が刻まれた緑色のキーホルダーが入っていた。

よく見ると、野球部の合宿が行われた観光地の包装紙だ。これを買うとき恥ずかしかっただろうな。ほかの部員にからかわれたんじゃないかな。こっそり買ったのかな。

その様子を思い浮かべていたら、だんだん息が苦しくなった。もしかしたら、湿った草木の匂いに胸を詰まらせ、それを恋と錯覚してしまったのかもしれない。いまとなってはわからない。だけど、その後も、珍しい苗字の男の子を思うとき、胸の中が夏の夜の匂いでいっぱいになった。

珍しい苗字の男の子とは、それきり何もなかった。真野から「ぼくも好きです」と便乗するような手紙をもらった。自分のことを好いてくれる人は好きだ。それは嘘ではないけれども、ふたりに試されているような気がして、真野には素っ気ない態度を取るようになった。

私はキーホルダーを学校に持って行かず、机の鍵付きの引き出しの中に入れていた。それまでずっと自分の名前が苦手だった。特に深い意味を込めて付けたとは思えない漢字の並び、音の響き。辞書を引くと出てくるのは凡庸なものを表す類語の数々だ。どこにでもいるひとり。「名前負けと言われないだけいいだろう」と父は笑うが「名は体を表す」とも言う。とにかく、好きではなかった。なのに、あの日一瞬で変わった。

この文字の並び、いいじゃん。ぜんぜん変じゃない。たくさんのお土産の中から、これを選んでくれたのだから。

一日に何度も取り出して眺めた。そのたびに胸が苦しくなった。

中学生になっても私たちのあいだには何も起こらなかった。周辺の小さな学校と統合し、見知らぬ男女が学年に十人ほど加わった。その中で「一番可愛い」と騒がれた女の子が、珍しい苗字の男の子に告白したらしいと噂になった。入学して一ヶ月も経っていないころだ。

私と男の子は付き合っているわけじゃない。結局あの電話でしか言葉を交わしたことがない。あれきり何の約束もない。どうなろうとかまわない。でも、告白を断ってくれたら嬉しい。いや、断るんじゃないかなと心のどこかで期待してしまった。

その問題にかかわってきたのも真野だった。放課後、片足をひょこひょこさせながら近付いてきて「向こうと付き合うってさ」と告げた。そして、私の反応も窺わず、ひょこひょこと足を引いて去って行った。その先に珍しい苗字の男の子が待っているのではと目を凝らしたが、校舎の非常口があるだけだった。

その日から私は何も手に付かなくなってしまった。真面目だけが取り柄だったのに授業中にノートを取らなくなった。数学の百点満点のテストが二十点だった。自棄になって太った金髪のヤンキーの男と付き合い、すぐに別れた。

中学を卒業しても珍しい苗字の男の子のことを考え、彼が高校を中退して飲食店で住み込みの仕事をしていることを耳にするとその店の前で待ち伏せたりした。おそらく私はじっと待つことしかできないのだ。ただ好きと思い合う関係だけじゃ駄目だったんですか。ずっとあのままではいけなかったんですか。付き合わなきゃ駄目でしたか。訊いてみたいことはたくさんあったけれど、自動販売機の陰に立っているのが精いっぱいだった。

別の高校に進学した真野から一度だけ電話があった。「一万円貸してほしい」という金の無心だった。先輩に恐喝され、明日までに金を集めないと何をされるかわからない、と泣きそうな声だった。私は真野のために力を貸してあげたことがあっただろうか。いまがそのときなんじゃないか。

翌朝、バス停で真野にお金を渡した。卒業以来、初めて会う真野は裏地が紫色をした丈の長い学ランをはためかせていたが、ひょこひょことした歩き方は昔のままだった。私たちのやりとりを横で見ていた同じ中学の女の子が「真野にお金を貸しちゃ駄目だよ。あいつ特攻服に金をつぎ込んでるんだから」と教えてくれた。「トッコーの真野」と呼ばれているらしい。お金は戻ってこないだろう。瞬時に悟った。

真野がひょこひょこ歩く先に子分が数人控えていた。あの真野が威張っている。風を切って生きている。いいものを見た。そして、過去に固執している自分が恥ずかしくなった。

珍しい苗字の男の子を見たのは成人式の日が最後だ。あんなに知りたかったはずの人が手を伸ばせば届く距離にいるのに、不思議と感傷に浸ることはなかった。私も私の道を見つけて歩んでいたからだ。彼はその若さで結婚、離婚を経て、男手ひとつで子育てをしながら働いていた。

私は教員になり、母校の小学校の授業を見学させてもらった。いつでも見においで、とかつての担任が誘ってくれたのだ。一年生の生活科の授業を参観した。子供たちは外で拾ったどんぐりや松ぼっくりでゲームや置き物などを作っていた。元担任が私に目配せした。その男の子の名札を見て狼狽えた。あの珍しい苗字だった。

男の子はどんぐりにペンで色を塗っている。その真剣に何かに打ち込む横顔は、ずっとずっと以前、確かに見た記憶がある。「上手だね」と声を掛けたら、「きょういちばんうまくできたやつあげる」と完成したばかりの真っ赤などんぐりを一個、私の手のひらに乗せてくれた。

エピローグ

あなたは輝いている

中学三年のとき、学校祭のステージでクラスの男子ふたりが漫才を披露した。内容はよく覚えていない。ただ、教室の中で私と同じくらい存在感のなかった彼らが、マイクを前にして下手くそな関西弁でどつき合い、笑いをかっさらう姿に目を奪われた。

おとなしい人だと思ってたけどやるじゃん。その日を境に、彼らは校内で一目置かれるようになった。お笑い文化の根付いていない辺境の地でも、おもしろい人間は敬意を表された。

寝る前、拍手喝采を浴びる彼らを何度も回想するようになった。時には、そこに立つ自分を思い浮かべた。ひどい赤面症だった私は人前に立つだけで声が震える。軽い吃音もあり、言葉も途切れ途切れになる。「話す」だけでひと苦労だ。顔を真っ赤にしておろおろする姿を冷笑されることはあっても、自ら笑わせるなんて一生できないだろう。そう思って諦めていた。

ところが、私にもちょっとした転機が訪れた。

高校二年の学校祭。クラスの創作劇の主役をじゃんけんで決めることになり、あろうことか勝利してしまった。こんなときだけ勝つようにできているのだ。

焦った私は担任の元へ駆け寄り、訴えた。

「無理です、人前に立つと声が震えるんです」

「そうやって逃げるのか?」

三十代の男性教師は口元に笑みを浮かべていたけれど、その瞳は刺すように鋭かった。

数日前の個人面談でも、同じようなことがあった。「教育学部を目指し、小学校の教師になりたい」と言った私に「いまのままじゃ厳しいよ」と。

「成績の話じゃない。あなたは輝いていない」

全身が強張り、声も出なかった。

四月に担任が変わった。前年までは誰に対しても等しく厳しい教師だったが、その春からの担任は自分に擦り寄る生徒をわかりやすく可愛がる人だった。私はその人を見下していた。「先生」と呼ぶのも嫌だった。

私のことなんて何も知らないくせに。あなたに輝きを見極められるのか。帰りのバスの中で悔しさが込み上げ、後部座席で膝に顔を埋めて泣いた。


あの日の逆恨みにも似た感情がぶり返し、こうなったら主役を演じ切るしかないと腹を決めた。

私の役は「裸足の天才ダンサー」。類まれなる才能を仲間から妬まれシューズを隠されてしまうが、裸足で懸命に踊る。台本にはそう書いてあった。

台詞はつっかえながらの棒読み。抜きん出たリズム感もバランス感覚もない。足は高く上がらないし、ターンでよろける。ナレーションでは「天才」と連呼するのに、無理がありすぎる。観客はコメディーだと思ったのだろう。意図しない場面で何度も笑いが起こった。

まあ、これはこれでいいのか。

緊張で動けなくなると思っていたのに、会場が沸くたびに肩の力が抜けて楽になった。

駄目なままの自分を見てもらえばいいんだ。そんな風に思えたのは初めてだった。

ステージを降りると、担任が「高校デビューと言うには遅すぎるけど、学校祭デビューだな」と笑って迎えてくれた。

残念ながら、それを機に私の高校生活ががらりと変わるようなことはなかったけれど、舞台の上で無様に踊って笑われた記憶は、人前に立つときにお守りのように自分を励ましてくれる。

高校を卒業し二十年以上経つが、「あなたは輝いていない」と言い切ったその担任とだけは今でも年賀状のやり取りが続いている。あんなに避けていたあの人を「恩師」と呼ぶようになった。私は以前と比べて自由に生きられるようになったし、きっとそれなりに輝いている。

あとがき

おしまいの地と運命をともに

前作『ここは、おしまいの地』から二年八ヶ月。夫の仕事の都合で三度の引っ越しをしたものの、いまだ冷たい風が吹きすさぶ荒野「おしまいの地」の圏内に留まっている。

夫は上司から希望の勤務地を尋ねられても毎回「どこでもいい」と答えていたらしい。だから他の人を配置し終えたあと、ぽっかり空いたひとつが私たちの新しい居場所になっていたのだ。行けども行けども「おしまいの地」。巡回し続ける法則にようやく気付いた。

土地にも人にもしがらみがなく「どこでもいい」と言えてしまう夫を尊敬する。マイホームも子も持たず、引きこもる妻と老いた猫を連れて地の果てを行脚。自身も精神疾患を抱えているというのになんて頼もしい人だろう。

来年の今ごろ自分がどこで暮らしているかわからないが、新たな「おしまいの地」であることだけは確定している。はずれ玉しか入っていないガラポンのハンドルをぐるぐる回して、この先も夫と未開の地を訪ね歩く。奇妙な環境や文化に身を染めて綴ることができたら、それはきっと当たり玉に変わる。

前作『ここは、おしまいの地』は私にとって初のエッセイ集であり、講談社エッセイ賞という身に余る賞までいただいた。しかし、舞い上がったのも束の間、これからもちゃんと書いていけるかが問題だよなと現実に引き戻された。自分の能力は自分がいちばんわかっている。あとは下る一方なんじゃないかと何度も不安がよぎった。

出し惜しみしないで、そのときに書けることを全部書く。このエピソードは次回のために温存しておこうなんて考えない。そんな「その日暮らし」のようなパワーで、手持ちの札を前作にすべて詰め込んでしまった。

書けば書くほど倉庫の床面積が広がっていく。後先を考えずに突っ走ってしまうのは私の悪い癖だ。だから、今後の方向性をじっくり考えた。ありえない体験ばかりがエッセイの題材ではない。もっと日常を丁寧に書いていこう。そう思い、夫や妹夫婦、義理の両親といった身近な人たちとのやりとりやコロナ禍の「おしまいの地」にも目を向けた。

ところが、生来の注意力のなさや抗えない運命により、ちょっとした事件は起こり続けた。詐欺師に言われるままお金を振り込んでしまったり、人生に一度あるかないかの表彰式目前に「おしまいの地」が自然災害に巻き込まれたりした。さらに、何だかやる気が出ないなと思っていたら鬱病になっていた。黙っていても定期的に「産物」が降ってくるらしい。

ちなみに、この「あとがき」を書いているさなか、山道で交通事故を起こして車を大破させた。フロントガラスは割れ、ボンネットや助手席のドアが潰れた。廃車になるほどの事故なのに、よく無傷で済んだと我ながら感心する。むしろ強運なのではないか。地味な人生だと思っていたけれど、そんなことはなかった。

いまだ、家族や周囲に作家活動を打ち明けていない。異動で「おしまいの地」を飛び出すのが先か、それとも自分の身が一足先に「おしまい」を迎えるか。そんな傍から見たらどうでもいいような不安を抱えながら、これからも書いていく。

カバーおよび作中の写真は山口県の祝島で自家焙煎珈琲店を営む堀田圭介さんが撮影しました。私は堀田さんが日々SNSに掲載している猫や山羊や港など、島ののどかな生活風景がとても好きです。「ぜひ新刊に」とお願いしたところ、快諾してくださいました。その上、なんと祝島で採れたばかりの大きな枇杷をたくさん送ってくれたのです。甘くて柔らかくて本当に美味しかった。いつか島を訪ね、海を臨む高台や石垣の小道を自分の足で歩いてみたい。

装丁は前作に続いて鈴木成一デザイン室さんにお願いしました。前回は「おしまいの地」を侘しい風景で表しましたが、今回、鈴木成一さんが数枚の候補写真の中から選んだのは屋上に佇む猫でした。以前よりも外の世界や人と関わりを持つようになった私自身の変化を汲み取っていただき、体温の感じる素敵なカバー写真に仕上げてくださいました。

主に担当してくださったのは同デザイン室の宮本亜由美さんです。天国のような幻想的な写真を背景に美しく目を引く文字。静かで淡々とした文章の印象を生かしたいという思いから、本文の書体や配置など、細部にもこだわってくださいました。

そして、担当編集の続木順平さん。負傷した脚を引き摺って松葉杖で

SEKAI NO OWARIのライブへ引率してくださったり（夢のような時間でした）、初めての育児に追われて寝不足のなか書籍化の準備を着々と進めていただいたり、と本当にお世話になりました。この一年で続木さんの私生活が目まぐるしく変化し、心身ともに大忙しだったはずなのに、体調を崩して原稿が書けなくなっていた私を気遣い、励ましてくださいました。エッセイ賞の受賞を喜び合い、こうして二冊目を出すことができ、とても幸せに思います。

最後に、Quick Japan連載中に感想を寄せてくださった方、この本を手に取ってくださった読者のみなさまに心から感謝申し上げます。

二〇二〇年九月　こだま

本書は『Quick Japan』にて連載中の
「Orphans」(2018.10〜2020.8)より
大幅に加筆・修正を加えたものです。

こだま

主婦。2017年、
『夫のちんぽが入らない』でデビュー。
翌年にはコミカライズ、
19年にはNetflixにてドラマ化。
2018年、エッセイ集
『ここは、おしまいの地』で
第34回講談社エッセイ賞を受賞。
現在、『Quick Japan』にて連載中。

いまだ、おしまいの地

二〇二〇年九月二日　第一刷発行

著者　こだま
編集　続木順平
発行者　岡聡
発行所　株式会社太田出版
〒一六〇-八五七一
東京都新宿区愛住町二二　第三山田ビル四階
電話　〇三-三三五九-六二六二
ファックス　〇三-三三五九-〇〇四〇
振替　〇〇一二〇-六-一六二一六六
HP http://www.ohtabooks.com
印刷・製本　中央精版印刷株式会社

ISBN978-4-7783-1722-5 C0095